泰戈尔诗选

[印度]泰戈尔 著 冰心等 译

北京燕山出版社
BEIJING YANSHAN PRESS

目录

001 序

001 吉檀迦利
040 园丁集
090 新月集
118 采果集
159 飞鸟集
212 游思集

序

泰戈尔(1861—1941)主要以诗闻名于世。他八岁习诗,在十六岁时以作品《帕努辛赫诗抄》问世,这是泰戈尔诗歌创作的模仿习作阶段,这些作品正如泰戈尔自己所说的"除了心灵的自我夸张外,对外界没有任何认识",是"自我陶醉的幻想"。二十岁所发表的诗集《暮歌》标志着他诗歌创作的正式开始。从《暮歌》起,作者挣脱了"旧有的诗规",找到了表现自己艺术个性的手段。从那时直至逝世,泰戈尔共发表了五十多部诗集,两千多首歌曲。他几乎涉及了诗歌所有的体裁和形式。

泰戈尔的整个诗歌创作生涯分成三个时期,即一八八〇年至一九〇〇年清新的早期,一九〇一年至一九一四年复杂的中期,一九一五年至一九四一年深沉的晚期。

无疑,刚刚摆脱模仿阶段的处女作《暮歌》以及稍后的《晨歌》不可能承担起直接反映生活的重任,它们只不过反映了作者个人的几声悲叹和甜蜜的幻想。直至写完一八八四年的《画与歌》和一八八六年的《刚与柔》诗集泰戈尔才离开了自我表现的小天地,转向描述外部世界和社会人生。特别是在一八九〇年至一九〇〇年这十年间的农村生活,使他直接而广泛地接触了民众。这段生活实践,确立了他创作的民主主义和人道主义思想。这十年间,他写了自己最优秀的八部诗集。第一部诗集《心中的向往》里有爱情诗、自然诗、哲理诗、宗教诗和现实生活诗。这也是泰戈尔整个诗歌创作的五个方面内容。一八九五年发表的《缤纷集》被认为是他诗歌创作中最优秀的一部诗集,闪耀着现实主义光辉的著名叙事诗《两亩地》收入此集中。一八九六年创作的《收获集》里大部分诗都是短小的,大多是十四行诗,它的内容或是在帕德玛河畔所见所闻的下层社会的日常生活,或是片刻的悔恨和往昔的追忆。一八九九年发表了传统风格的格言和寓言诗《微思集》,一九〇〇年发表了可感触到诗人内心情绪搏动的《梦幻集》以及完全口语化的、撷取瞬间情愫的《刹那集》。这些诗集都是用孟加拉语写成的,后来出版的英文诗集如《园丁集》、《飞鸟集》、《游思集》等大都选自这些诗集。

一九〇一年至一九一四年是他诗歌创作的复杂时期,主要诗集有《儿童集》(大部分收入英文版的《新月集》)、《回忆》和几部宗教抒情诗集:《祭品》、《吉檀迦利》、《渡》、《歌的花环》和《颂歌》等。英文版的《吉檀迦利》主要选自上述孟加拉文版诗集。这时期整个诗作内容,一是歌颂纯真的儿童和祖国;一是颂神、讴歌天人合一的思想。

一九一五年至一九四一年,泰戈尔共发表了诗集三十四部,一九一六年发表的《飞鹤集》揭开了这时期创作的序幕,诗歌创作又回到现实生活。这期间诗歌创作内容主要有两大类:一是政治抒情诗,揭露法西斯罪行,声援各国人民斗争;二是对自己的一生进行剖析和总结的诗歌。

泰戈尔一生坚持形式上的革新,但走上自由诗或散文诗的道路是漫长的,直到晚年,他才完全采用自由诗形式,尽管他在中期把自己的诗翻译成英语,蜚声世界文坛时,就已经尝试了散文诗创作的愉悦。

泰戈尔散文诗可分成两大部分。第一部分是英语散文诗的八部诗集:《吉檀迦利》、《园丁集》、《新月集》、《采果集》、《飞鸟集》、《情人的礼物》、《渡》、《游思集》;第二部分是孟加拉语散文诗集《随想集》、《再次集》、《最后的星期集》、《叶盘集》和《黑牛集》五部。

应该说,影响中国诗歌发展或中国读者的主要就是这些散文诗。泰戈尔也是以散文诗集《吉檀迦利》获得诺贝尔文学奖的。作为一个作家,泰戈尔同时又是一个多才多艺的艺术大师,除诗歌外,他还创作了十二部中长篇小说、一百多篇短篇小说、三十八部戏剧,以及各种论文。这些作品数量惊人,形式丰富多彩,不仅对印度现代文学产生了巨大的影响,而且丰富了世界文学,成为人类文化艺术宝库中的一份珍贵遗产。

倪培耕

吉檀迦利

1

你已经使我永生,这样做是你的欢乐。这脆薄的杯儿,你不断地把它倒空,又不断地以新生命来充满。

这小小的苇笛,你携带着它逾山越谷,从笛管里吹出永新的音乐。

在你双手的不朽的安抚下,我的小小的心,消融在无边快乐之中,发出不可言说的词调。

你的无穷的赐予只倾入我小小的手里。时代过去了,你还在倾注,而我的手里还有余量待充满。

2

当你命令我歌唱的时候,我的心似乎要因着骄傲而炸裂,我仰望着你的脸,眼泪涌上我的眶里。

我生命中一切的凝涩与矛盾融化成一片甜柔的谐音——我的赞颂像一只欢乐的鸟,振翼飞越海洋。

我知道你欢喜我的歌唱。我知道只因为我是个歌者,才能走到你的面前。

我用我的歌曲的远伸的翅梢,触到了你的双脚,那是我从来不敢想望触到的。

在歌唱中的陶醉,我忘了自己,你本是我的主人,我却称你为朋友。

3

我不知道你怎样的唱,我的主人!我总在惊奇地静听。

你的音乐的光辉照亮了世界。你的音乐的气息透彻诸天。你的音乐的圣泉冲过一切阻挡的岩石,向前奔涌。

我的心渴望和你合唱,而挣扎不出一点声音。我想说话,但是言语不成歌曲,我叫不出来。呵,你使我的心变成了你的音乐的漫天大网中的俘虏,我的主人!

4

我生命的生命,我要保持我的躯体永远纯洁,因为我知道你的生命的摩抚,接触着我的四肢。

我要永远从我的思想中屏除虚伪,因为我知道你就是那在我心中燃起理智之火的真理。

我要从我心中驱走一切的丑恶,使我的爱开花,因为我知道你在我的心宫深处安设了座位。

我要努力在我的行为上表现你,因为我知道是你的威力,给我力量来行动。

5

请容我懈怠一会儿,来坐在你的身旁。我手边的工作等一下子再去完成。

不在你的面前,我的心就不知道什么是安逸和休息,我的工作变成了无边的劳役海中的无尽的劳役。

今天,炎暑来到我的窗前,轻嘘微语;群蜂在花树的宫廷中尽情弹唱。

这正是应该静坐的时光,和你相对,在这静寂和无边的闲暇里唱出生命的献歌。

6

摘下这朵花来,拿了去罢,不要迟延!我怕它会萎谢了,掉在尘土里。它也许配不上你的花冠,但请你采折它,以你手采折的痛苦来给它光宠。我怕在我警觉之先,日光已逝,供献的时间过了。

虽然它颜色不深,香气很淡,请仍用这花来礼拜,趁着还有时间,就采折罢。

7

我的歌曲把她妆饰卸掉。她没有了衣饰的骄奢。妆饰会成为我们合一之玷:它们会横阻在我们之间,它们丁当的声音会掩没了你的细语。

我的诗人的虚荣心,在你的容光中羞死。呵,诗圣,我已经拜倒在你的脚前。只让我的生命简单正直像一枝苇笛,让你来吹出音乐。

8

那穿起王子的衣袍和挂起珠宝项链的孩子,在游戏中他失去了一切的快乐;他的衣服绊着他的步履。

为怕衣饰的破裂和污损,他不敢走进世界,甚至于不敢挪动。

母亲,这是毫无好处的,如你华美的约束,使人和大地健康的尘土隔断,把人进入日常生活的盛大集会的权利剥夺去了。

9

呵,傻子,想把自己背在肩上!呵,乞人,来到你自己门口求乞!

把你的负担卸在那双能担当一切的手中罢,永远不要惋惜地回顾。

你的欲望的气息,会立刻把它接触到的灯火吹灭。它是不圣洁的——不要从它不洁的手中接受礼物。只领受神圣的爱所赋予的东西。

10

这是你的脚凳,你在最贫最贱最失所的人群中歇足。

我想向你鞠躬,我的敬礼不能达到你歇足地方的深处——那最贫最贱最失所的人群中。

你穿着破敝的衣服,在最贫最贱最失所的人群中行走,骄傲永远不能走近这个地方。

你和那最没有朋友的最贫最贱最失所的人们作伴,我的心永远找不到那个地方。

11

把礼赞和数珠撇在一边罢!你在门窗紧闭幽暗孤寂的殿角里,向谁礼拜呢?睁开眼你看,上帝不在你的面前!

你是在锄着枯地的农夫那里,在敲石的造路工人那里。太阳下,阴雨里,他和他们同在,衣袍上蒙着尘土。脱掉你的圣袍,甚至像他一样地下到泥土里去罢!

超脱吗?从哪里找超脱呢?我们的主已经高高兴兴地把创造的锁链戴起:他和我们大家永远联系在一起。

从静坐里走出来罢,丢开供养的香花!你的衣服污损了又何妨呢?去迎接他,在劳动里,流汗里,和他站在一起罢。

12

我旅行的时间很长,旅途也是很长的。

天刚破晓,我就驱车起行,穿遍广漠的世界,在许多星球之上,留下辙痕。

离你最近的地方,路途最远,最简单的音调,需要最艰苦的练习。

旅客要在每个生人门口敲叩,才能敲到自己的家门,人要在外面到处漂流,最后才能走到最深的内殿。

我的眼睛向空阔处四望,最后才合上眼说:"你原来在这里!"

这句问话和呼唤"呵,在哪儿呢?"融化在千股的泪泉里,和你保证的回答"我在这里!"的洪流,一同泛滥了全世界。

13

我要唱的歌,直到今天还没有唱出。

每天我总在乐器上调理弦索。

时间还没有到来,歌词也未曾填好;只有愿望的痛苦在我心中。

花蕊还未开放;只有风从旁叹息走过。

我没有看见过他的脸,也没有听见过他的声音;我只听见他轻蹑的足音,从我房前路上走过。

悠长的一天消磨在为他在地上铺设座位;但是灯火还未点上,我不能请他进来。

我生活在和他相会的希望中,但这相会的日子还没有来到。

14

我的欲望很多,我的哭泣也很可怜,但你永远用坚决的拒绝来拯救我,这刚强的慈悲已经紧密地交织在我的生命里。

你使我一天一天地更配领受你自动的简单伟大的赐予——这天空和光明,这躯体和生命与心灵——把我从极欲的危险中拯救了出来。

有时候我懈怠地捱延,有时候我急忙警觉寻找我的路向;但是你却忍心地躲藏起来。

你不断地拒绝我,从软弱动摇的欲望的危险中拯救了我,使我一天一天地更配得你完全地接纳。

15

我来为你唱歌。在你的厅堂中,我坐在屋角。

在你的世界中我无事可做;我无用的生命只能放出无目的的歌声。

在你黑暗的殿中,夜半敲起默祷的钟声的时候,命令我罢,我的主人,来站在你面前歌唱。

当金琴在晨光中调好的时候,宠赐我罢,命令我来到你的面前。

16

我接到这世界节日的请柬,我的生命受了祝福。我的眼睛看见了美丽的景象,我的耳朵也听见了醉人的音乐。

在这宴会中,我的任务是奏乐,我也尽力演奏了。

现在,我问,那时间终于来到了吗,我可以进去瞻仰你的容颜,并献上我静默的敬礼吗?

17

我只在等候着爱,要最终把我交在他手里。这是我迟误的原因,我对这延误负咎。

他们要用法律和规章,来紧紧地约束我;但是我总是躲着他们,因为我只等候着爱,要最终把我交在他手里。

人们责备我,说我不理会人;我也知道他们的责备是有道理的。

市集已过,忙人的工作都已完毕。叫我不应的人都已含怒回去。我只等候着爱,要最终把我交在他手里。

18

云霾堆积,黑暗渐深。呵,爱,你为什么让我独在门外等候?

在中午工作最忙的时候,我和大家在一起,但在这黑暗寂寞的日子,我只企望着你。

若是你不容我见面,若是你完全把我抛弃,我真不知将如何度过这悠长的雨天。

我不住地凝望遥远的阴空,我的心和不宁的风一同彷徨悲叹。

19

若是你不说话,我就含忍着,以你的沉默来填满我的心。我要沉静地等候,像黑夜在星光中无眠,忍耐地低首。

清晨一定会来,黑暗也要消隐,你的声音将划破天空从金泉中下注。

那时你的话语,要在我的每一鸟巢中生翼发声,你的音乐,要在我林丛繁花中盛开怒放。

20

莲花开放的那天,唉,我不自觉地在心魂飘荡。我的花篮空着,花儿我也没有去理睬。

不时地有一段的幽愁来袭击我,我从梦中惊起,觉得南风里有一阵奇香的芳踪。

这迷茫的温馨,使我想望得心痛,我觉得这仿佛是夏天渴望的气息,寻求圆满。

我那时不晓得它离我是那么近,而且是我的,这完美的温馨,还是在我自己心灵的深处开放。

21

我必须撑出我的船去。时光都在岸边捱延消磨了——不堪的我呵!

春天把花开过就告别了。如今落红遍地,我却等待而又留连。

潮声渐喧,河岸的荫滩上黄叶飘落。

你凝望着的是何等的空虚!你不觉得有一阵惊喜和对岸遥远的歌声从天空中一同飘来吗?

22

在七月淫雨的浓阴中,你用秘密的脚步行走,夜一般的轻悄,躲过一切的守望的人。

今天,清晨闭上眼,不理连连呼喊的狂啸的东风,一张厚厚的纱幕遮住永远清醒的碧空。

林野住了歌声,家家闭户。在这冷寂的街上,你是孤独的行人。呵,我唯一的朋友,我最爱的人,我的家门是开着的——不要梦一般地走过罢。

23

在这暴风雨的夜晚你还在外面作爱的旅行吗,我的朋友?天空像失望者在哀号。

我今夜无眠。我不断地开门向黑暗中瞭望,我的朋友!

我什么都看不见。我不知道你要走哪一条路!

是从墨黑的河岸上,是从远远的愁惨的树林边,是穿过昏暗迂回的曲径,你摸索着来到我这里吗,我的朋友?

24

假如一天已经过去了,鸟儿也不歌唱,假如风也吹倦了,那就让黑暗的厚幕把我盖上罢,如同你在黄昏时节用睡眠的衾被裹上大地,又轻柔地将睡莲的花瓣合上。

旅客的行程未达,粮袋已空,衣裳破裂污损,而又筋疲力尽,你解除了他的羞涩与困窘,使他的生命像花朵一样在仁慈的夜幕下苏醒。

25

在这困倦的夜里,让我帖服地把自己交给睡眠,把信赖托付给你。

让我不去勉强我的萎靡的精神,来准备一个对你敷衍的礼拜。

是你拉上夜幕盖上白日的倦眼,使这眼神在醒觉的清新喜悦中,更新了起来。

26

他来坐在我的身边,而我没有醒起。多么可恨的睡眠,唉,不幸的我呵!

他在静夜中来到;手里拿着琴,我的梦魂和他的音乐起了共鸣。

唉,为什么每夜就这样地虚度了?呵,他的气息接触了我的睡眠,为什么我总看不见他的面?

27

灯火,灯火在哪里呢?用熊熊的渴望之火把它点上罢!

灯在这里,却没有一丝火焰,——这是你的命运吗,我的心呵!你还不如死了好!

悲哀在你门上敲着,她传话说你的主醒着呢,他叫你在夜的黑暗中奔赴爱的约会。

云雾遮满天空,雨也不停地下。我不知道我心里有什么在动荡,——我不懂得它的意义。

一霎的电光,在我的视线上抛下一道更深的黑暗,我的心摸索着寻找那夜的音乐对我呼唤的径路。

灯火,灯火在哪里呢?用熊熊的渴望之火把它点上罢!雷声在响,狂风怒吼着穿过天空。夜像黑岩一般的黑。不要让时间在黑暗中度过罢。用你的生命把爱的灯点上罢。

28

罗网是坚韧的,但是要撕破它的时候我又心痛。

我只要自由,为希望自由我却觉得羞愧。

我确知那无价之宝是在你那里,而且你是我最好的朋友,但我却舍不得清除我满屋的俗物。

我身上披的是尘灰与死亡之衣;我恨它,却又热爱地把它抱紧。

我的债负很多,我的失败很大,我的耻辱秘密而又深重;但当我来求福的时候,我又战栗,唯恐我的祈求得了允诺。

29

被我用我的名字囚禁起来的那个人,在监牢中哭泣。我每天不停地筑着围墙;当这道围墙高起接天的时候,我的真我便被高墙的黑影遮断不见了。

我以这道高墙自豪,我用沙土把它抹严,唯恐在这名字上还留着一丝罅隙,我煞费了苦心,我也看不见了真我。

30

我独自去赴幽会。是谁在暗寂中跟着我呢?

我走开躲他,但是我逃不掉。

他昂首阔步,使地上尘土飞扬;我说出的每一个字里,都掺杂着他的喊叫。

他就是我的小我,我的主,他恬不知耻;但和他一同到你门前,我却感到羞愧。

31

"囚人,告诉我,谁把你捆起来的?"

"是我的主人,"囚人说。"我以为我的财富与权力胜过世界上一切的人,我把我的国王的钱财聚敛在自己的宝库里。我昏困不过,睡在我主的床上,一觉醒来,我发现我在自己的宝库里做了囚人。"

"囚人,告诉我,是谁铸的这条坚牢的锁链?"

"是我,"囚人说,"是我自己用心铸造的。我以为我的无敌的权力会征服世界,使我有无碍的自由。我日夜用烈火重锤打造了这条铁链。等到工作完成,铁链坚牢完善,我发现这铁链把我捆住了。"

32

尘世上那些爱我的人,用尽方法拉住我。你的爱就不是那样,你的爱比他们的伟大得多,你让我自由。

他们从不敢离开我,恐怕我把他们忘掉。但是你,日子一天一天地过去,你还没有露面。

若是我不在祈祷中呼唤你,若是我不把你放在心上,你爱我的爱情仍在等待着我的爱。

33

白天的时候,他们来到我的房子里说:"我们只占用最小的一间屋子。"

他们说:"我们要帮忙你礼拜你的上帝,而且只谦恭地领受我们应得的一份恩典";他们就在屋角安静谦柔地坐下。

但是在黑夜里,我发现他们强暴地冲进我的圣堂,贪婪地攫取了神坛上的祭品。

34

只要我一息尚存,我就称你为我的一切。

只要我一诚不灭,我就感觉到你在我的四围,任何事情,我都来请教你,任何时候都把我的爱献上给你。

只要我一息尚存,我就永不把你藏匿起来。

只要把我和你的旨意锁在一起的脚镣,还留着一小段,你的意旨就在我的生命中实现——这脚镣就是你的爱。

35

在那里,心是无畏的,头也抬得高昂;

在那里,智识是自由的;

在那里,世界还没有被狭小的家国的墙隔成片段;

在那里,话是从真理的深处说出;

在那里,不懈的努力向着"完美"伸臂;

在那里,理智的清泉没有沉没在积习的荒漠之中;

在那里,心灵是受你的指引,走向那不断放宽的思想与行为——进入那自由的天国,我的父呵,让我的国家觉醒起来罢。

36

这是我对你的祈求,我的主——请你铲除,铲除我心里贫乏的根源。

赐给我力量使我能轻闲地承受欢乐与忧伤。

赐给我力量使我的爱在服务中得到果实。

赐给我力量使我永不抛弃穷人也永不向淫威屈膝。

赐给我力量使我的心灵超越于日常琐事之上。

再赐给我力量使我满怀爱意地把我的力量服从你意志的指挥。

37

我以为我的精力已竭,旅程已终——前路已绝,储粮已尽,退隐在静默鸿蒙中的时间已经到来。

但是我发现你的意志在我身上不知有终点。旧的言语刚在舌尖上死去,新的音乐又从心上迸来;旧辙方迷,新的田野又在面前奇妙地展开。

38

我需要你,只需要你——让我的心不停地重述这句话。日夜引诱我的种种欲念,都是透顶的诈伪与空虚。

就像黑夜隐藏在祈求光明的朦胧里,在我潜意识的深处也响出呼声——我需要你,只需要你。

正如风暴用全力来冲击平静,却寻求终止于平静,我的反抗冲击着你的爱,而它的呼声也还是——我需要你,只需要你。

39

在我的心坚硬焦躁的时候,请洒我以慈霖。

当生命失去恩宠的时候,请赐我以欢歌。

当烦杂的工作在四周喧闹,使我和外界隔绝的时候,我的宁静的主,请带着你的和平与安息来临。

当我乞丐似的心,蹲闭在屋角的时候,我的国王,请你以王者的威仪破户而入。

当欲念以诱惑与尘埃来迷蒙我的心眼的时候,呵,圣者,你是清醒的,请你和你的雷电一同降临。

40

在我干枯的心上,好多天没有受到雨水的滋润了,我的上帝。天边是可怕的赤裸——没有一片轻云的遮盖,没有一丝远雨的凉意。

如果你愿意,请降下你的死黑的盛怒的风雨,以闪电震慑诸天罢。

但是请你召回,我的主,召回这弥漫沉默的炎热罢,它是沉重尖锐而又残忍,用可怕的绝望焚灼人心。

让慈云低垂下降,像在父亲发怒的时候,母亲的含泪的眼光。

41

我的情人,你站在大家背后,藏在何处的阴影中呢?在尘土飞扬的道上,他们把你推开走过,没有理睬你。在乏倦的时间,我摆开礼品来等候你,过路的人把我的香花一朵一朵地拿去,我的花篮几乎空了。

清晨,中午都过去了。暮色中,我倦眼蒙眬。回家的人们瞟着我微笑,使我满心羞惭。我像女丐一般地坐着,拉起裙儿盖上脸,当他们问我要什么的时候,我垂目没有答应。

呵,真的,我怎能告诉他们说我是在等候你,而且你也应许说你一定会来。我又怎能抱愧地说我的妆奁就是贫穷。呵,我在我心的微隐处紧抱着这一段骄荣。

我坐在草地上凝望天空,梦想着你来临时候那忽然炫耀的豪华——万彩交辉,车辇上金旗飞扬,在道旁众目睽睽之下,你从车座下降,把我从尘埃中扶起坐在你的旁边,这褴褛的丐女,含羞带喜,像蔓藤在暑风中颤摇。

但是时间流过了,还听不见你的车辇的轮声。许多仪仗队伍都在光彩喧闹中走过了。你只要静默地站在他们背后吗?我只能哭泣着等待,把我的心折磨在空虚的伫望之中吗?

42

在清晓的密语中,我们约定了同去泛舟,世界上没有一个人知道我们这无目的无终止的遨游。

在无边的海洋上,在你静听的微笑中,我的歌唱抑扬成调,像海波一般的自由,不受字句的束缚。

时间还没有到吗?你还有工作要做吗?看罢,暮色已经笼罩海岸,苍茫里海鸟已群飞归巢。

谁知道什么时候可以解开链索,这只船会像落日的余光,消融在黑夜之中呢?

43

那天我没有准备好来等候你,我的国王,你就像一个素不相识的平凡的人,自动地走进我的心里,在我生命的许多流逝的时光中,盖上了永生的印记。

今天我偶然照见了你的签印,我发现它们和我遗忘了的日常哀乐的回忆,杂乱地散掷在尘埃里。

你不曾鄙夷地避开我童年时代在尘土中的游戏,我在游戏室里所听见的足音,和在群星中的回响是相同的。

44

阴晴无定,夏至雨来的时节,在路旁等候瞭望,是我的快乐。

从不可知的天空带信来的使者们,向我致意又向前赶路。我衷心欢畅,吹过的风带着清香。

从早到晚我在门前坐地,我知道我一看见你,那快乐的时光便要突然来到。

这时我自歌自笑。这时空气里也充满着应许的芬芳。

45

你没有听见他静悄的脚步吗?他正在走来,走来,一直不停地走来。

每一个时间,每一个年代,每日每夜,他总在走来,走来,一直不停地走来。

在许多不同的心情里,我唱过许多歌曲,但在这些歌调里,我总在宣告说:"他正在走来,走来,一直不停地走来。"

四月芬芳的晴天里,他从林径中走来,走来,一直不停地走来。

七月阴暗的雨夜中,他坐着隆隆的云辇,前来,前来,一直不停地前来。

愁闷相继之中,是他的脚步踏在我的心上,是他的双脚的黄金般的接触,使我的快乐发出光辉。

46

我不知道从久远的什么时候,你就一直走近来迎接我。

你的太阳和星辰永不能把你藏起使我看不见你。

在许多清晨和傍晚,我曾听见你的足音,你的使者曾秘密地到我心里来召唤。

我不知道为什么今天我的生活完全激动了,一种狂欢的感觉穿过了我的心。

这就像结束工作的时间已到,我感觉到在空气中有你光降的微馨。

47

夜已将尽,等他又落了空。我怕在清晨我正在倦睡的时候,他忽然来到我的门前。呵,朋友们,给他开着门罢——不要拦阻他。

若是他的脚步声没有把我惊醒,请不要叫醒我。我不愿意小鸟嘈杂的合唱,和庆祝晨光的狂欢的风声,把我从睡梦中吵醒。即使我的主突然来到我的门前,也让我无扰地睡着。

呵,我的睡眠,宝贵的睡眠,只等着他的摩触来消散。呵,我的合着的眼,只在他微笑的光中才开睫,当他像从洞黑的睡眠里浮现的梦一般地站立在我面前。

让他作为最初的光明和形象,来呈现在我的眼前。让他的眼光成为我觉醒的灵魂最初的欢跃。

让我自我的返回成为向他立地的皈依。

48

清晨的静海,漾起鸟语的微波;路旁的繁花,争妍斗艳;在我们匆忙赶路无心理睬的时候,云隙中散射出灿烂的金光。

我们不唱欢歌,也不嬉游;我们也不到村集上去交易;我们一语不发,也不微笑;我们不在路上留连。时间流逝,我们也加速了脚步。

太阳升到中天,鸽子在凉阴中叫唤。枯叶在正午的炎风中飞舞。牧童在榕树下做他的倦梦,我在水边卧下,在草地上展布我困乏的四肢。

我的同伴们嘲笑我;他们抬头疾走;他们不回顾也不休息;他们消失在远远的碧霭之中。他们穿过许多山林,经过生疏遥远的地方。长途上的英雄队伍呵,光荣是属于你们的!讥笑和责备要促我起立,但我却没有反应。我甘心没落在乐受的耻辱的深处——在模糊的快乐阴影之中。

阳光织成的绿阴的幽静,慢慢地笼罩着我的心。我忘记了旅行的目的,我无抵抗地把我的心灵交给阴影与歌曲的迷宫。

最后,我从沉睡中睁开眼,我看见你站在我身旁,我的睡眠沐浴在你的微笑之中。我从前是如何地惧怕,怕这道路的遥远困难,到你面前的努力是多么艰苦呵!

49

你从宝座上下来,站在我草舍门前。

我正在屋角独唱,歌声被你听到了。你下来站在我草舍门前。

在你的广厅里有许多名家,一天到晚都有歌曲在唱。但是这初学的简单的音乐,却得到了你的赏识。一支忧郁的小调,和世界的伟大音乐融合了,你还带了花朵作为奖赏,下了宝座停留在我的草舍门前。

50

我在村路上沿门求乞的时候,你的金辇像一个华丽的梦从远处出现,我在猜想这位万王之王是谁!

我的希望高升,我觉得我苦难的日子将要告终,我站着等候你自动的施与,等待那散掷在尘埃里的财宝。

车辇在我站立的地方停住了。你看到我,微笑着下车。我觉得我的运气到底来了。忽然你伸出右手来说:"你有什么给我呢?"

呵,这开的是什么样的帝王的玩笑,向一个乞丐伸手求乞!我糊涂了,犹疑地站着,然后从我的口袋里慢慢地拿出一粒最小的玉米献上给你。

但是我一惊不小,当我在晚上把口袋倒在地上的时候,在我乞讨来的粗劣东西之中,我发现了一粒金子。我痛哭了,恨我没有慷慨地将我所有都献给你。

51

夜深了。我们一天的工作都已做完。我们以为投宿的客人都已来到,村里家家都已闭户了。只有几个人说,国王是要来的。我们笑着说:"不会的,这是不可能的事!"

仿佛门上有敲叩的声音。我们说那不过是风。我们熄灯就寝。只有几个人说:"这是使者!"我们笑了说:"不是,这一定是风!"

在死沉沉的夜里传来一个声音。朦胧中我们以为是远远的雷响。墙摇地动,我们在睡眠里受了惊扰。只有几个人说:"这是车轮的声音。"我们昏困地嘟哝着说:"不是,这一定是雷响!"

鼓声响起的时候天还没亮。有声音喊着说;"醒来罢!别耽误了!"我们拿手按住心口,吓得发抖。只有几个人说:"看哪,这是国王的旗子!"我们爬起来站着叫:"没有时间再耽误了!"

国王已经来了——但是灯火在哪里呢,花环在哪里呢?给他预备的宝座在哪里呢?呵,丢脸,呵,太丢脸了!客厅在哪里,陈设又在哪里呢?有几个人说了:"叫也无用了!用空手来迎接他罢,带他到你的空房里去罢!"

开起门来,吹起法螺罢!在深夜中国王降临到我黑暗凄凉的房子里了。空中雷声怒吼。黑暗和闪电一同颤抖。拿出你的破席铺在院子里罢。我们的国王在可怖之夜与暴风雨一同突然来到了。

52

我想我应当向你请求——可是我又不敢——你那挂在颈上的玫瑰花环。这样我等到早上,想在你离开的时候,从你床上找到些碎片。我像乞丐一样破晓就来寻找,只为着一两片散落的花瓣。

呵,我呵,我找到了什么呢?你留下了什么爱的表记呢?那不是花朵,不是香料,也不是一瓶香水。那是你的一把巨剑,火焰般放光,雷霆般沉重。清晨的微光从窗外射到床上。晨鸟叽叽喳喳着问:"女人,你得到了什么呢?"不,这不是花朵,不是香料,也不是一瓶香水——这是你的可畏的宝剑。

我坐着猜想,你这是什么礼物呢。我没有地方去藏放它。我不好意思佩带它;我是这样的柔弱,当我抱它在怀里的时候,它就把我压痛了。但是我要把这光宠铭记在心,你的礼物,这痛苦的负担。

从今起在这世界上我将没有畏惧,在我的一切奋斗中你将得到胜利。你留下死亡和我作伴,我将以我的生命给他加冕。我带着你的宝剑来斩断我的羁勒,在世界上我将没有畏惧。

从今起我要抛弃一切琐碎的装饰。我心灵的主,我不再在一隅等待哭泣,也不再畏怯娇羞。你已把你的宝剑给我佩带。我不再要玩偶的装饰品了!

53

你的手镯真是美丽,镶着星辰,精巧地嵌着五光十色的珠宝。但是依我看来你的宝剑是更美的,那弯弯的闪光像毗湿奴的神鸟展开的翅翼,完美地平悬在落日怒发的红光里。

它颤抖着像生命受死亡的最后一击时,在痛苦的昏迷中的最后反应;它炫耀着像将烬的世情的纯焰,最后猛烈的一闪。

你的手镯真是美丽,镶着星辰般的珠宝;但是你的宝剑,呵,雷霆的主,是铸得绝顶美丽,看到想到都是可畏的。

54

我不向你求什么;我不向你耳中陈述我的名字。当你离开的时候我静默地站着。我独立在树影横斜的井旁,女人们已顶着褐色的瓦罐盛满了水回家了。她们叫我说:"和我们一块来罢,都快到中午了。"但我仍在慵倦地留连,沉入恍惚的默想之中。

你走来时我没有听到你的足音。你含愁的眼望着我;你低语的时候声音是倦乏的——"呵,我是一个干渴的旅客。"我从幻梦中惊起,把我罐里的水倒在你掬着的手掌里。树叶在头上萧萧地响着;杜鹃在幽暗处歌唱,曲径里传来胶树的花香。

当你问到我的名字的时候,我羞得悄立无言。真的,我替你做了什么,值得你的忆念?但是我幸能给你饮水止渴的这段回忆,将温馨地贴抱在我的心上。天已不早,鸟儿唱着倦歌,楝树叶子在头上沙沙作响,我坐着反覆地想了又想。

55

乏倦压在你的心上,你眼中尚有睡意。

你没有得到消息说荆棘丛中花朵正在盛开吗?醒来罢,呵,醒来!不要让光阴虚度了!

在石径的尽头,在幽静无人的田野里,我的朋友在独坐着。不要欺骗他罢。醒来,呵,醒来罢!

即使正午的骄阳使天空喘息摇颤——即使灼热的沙地展布开它干渴的巾衣——

在你心的深处难道没有快乐吗?你的每一个足音,不会使道路的琴弦迸出痛苦的柔音吗?

56

只因你的快乐是这样地充满了我的心。只因你曾这样地俯就我。呵,你这诸天之王,假如没有我,你还爱谁呢?

你使我做了你这一切财富的共享者。在我心里你的欢乐不住地遨游。在我生命中你的意志永远实现。

因此,你这万王之王曾把自己修饰了来赢取我的心。因此你的爱也消融在你情人的爱里,在那里,你又以我俩完全合一的形象显现。

57

光明,我的光明,充满世界的光明,吻着眼目的光明,甜沁心腑的光明!

呵,我的宝贝,光明在我生命的一角跳舞;我的宝贝,光明在勾拨我爱的心弦;天开了,大风狂奔,笑声响彻大地。

蝴蝶在光明海上展开翅帆。百合与茉莉在光波的浪花上翻涌。

我的宝贝,光明在每朵云彩上散映成金,它洒下无量的珠宝。

我的宝贝,快乐在树叶间伸展,欢喜无边。天河的堤岸淹没了,欢乐的洪水在四散奔流。

58

让一切欢乐的歌调都融和在我最后的歌中——那使大地草海欢呼摇动的快乐,那使生和死两个孪生弟兄,在广大的世界上跳舞的快乐,那和暴风雨一同卷来,用笑声震撼惊醒一切的生命的快乐,那含泪默坐在盛开的痛苦的红莲上的快乐,那不知所谓,把一切所有抛掷于尘埃中的快乐。

59

是的,我知道,这只是你的爱,呵,我心爱的人——这在树叶上跳舞的金光,这些驶过天空的闲云,这使我头额清爽的吹过的凉风。

清晨的光辉涌进我的眼睛——这是你传给我心的消息。你的脸容下俯,你的眼睛下望着我的眼睛,我的心接触到了你的双足。

60

孩子们在无边的世界的海滨聚会。头上是静止的无垠的天空,不宁的海波奔腾喧闹。在无边的世界的海滨,孩子们欢呼跳跃地聚会着。

他们用沙子盖起房屋,用空贝壳来游戏。他们把枯叶编成小船,微笑着把它们飘浮在深远的海上。孩子在世界的海滨做着游戏。

他们不会凫水,他们也不会撒网。采珠的人潜水寻珠,商人们奔波航行,孩子们收集了石子却又把它们丢弃了。他们不搜求宝藏,他们也不会撒网。

大海涌起了喧笑,海岸闪烁着苍白的微笑。致人死命的波涛,像一个母亲在摇着婴儿的摇篮一样,对孩子们唱着无意义的谣歌。大海在同孩子们游戏,海岸闪烁着苍白的微笑。

孩子们在无边的世界的海滨聚会。风暴在无路的天空中飘游,船舶在无轨的海上破碎,死亡在猖狂,孩子们却在游戏。在无边的世界的海滨,孩子们盛大地聚会着。

61

这掠过婴儿眼上的睡眠——有谁知道它是从哪里来的吗?是的,有谣传说它住在林荫中,萤火朦胧照着的仙村里,那里挂着两颗甜柔迷人的花蕊。它从那里来吻着婴儿的眼睛。

在婴儿睡梦中唇上闪现的微笑——有谁知道它是从哪里生出来的吗?是的,有谣传说一线新月的微光,触到了消散的秋云的边缘,微笑就在被朝雾洗净的晨梦中,第一次生出来了——这就是那婴儿睡梦中唇上闪现的微笑。

在婴儿的四肢上,花朵般地喷发的甜柔清新的生气,有谁知道它是在哪里藏了这么许久吗?是的,当母亲还是一个少女,它就在温柔安静的爱的神秘中,充塞在她的心里了——这就是那婴儿四肢上喷发的甜柔新鲜的生气。

62

当我送你彩色玩具的时候,我的孩子,我了解为什么云中水上会幻弄出这许多颜色,为什么花朵都用颜色染起——当我送你彩色玩具的时候,我的孩子。

当我唱歌使你跳舞的时候,我彻底地知道为什么树叶上响出音乐,为什么波浪把它们的合唱送进静听的大地的心头——当我唱歌使你跳舞的时候。

当我把糖果递到你贪婪的手中的时候,我懂得为什么花心里有蜜,为什么水果里隐藏着甜汁——当我把糖果递到你贪婪的手中的时候。

当我吻你的脸使你微笑的时候,我的宝贝,我的确了解晨光从天空流下时,是怎样的高兴,暑天的凉风吹到我身上的是怎样的愉快——当我吻你的脸使你微笑的时候。

63

你使不相识的朋友认识了我。你在别人家里给我准备了座位。你缩短了距离,你把生人变成弟兄。

在我必须离开故居的时候,我心里不安;我忘了是旧人迁入新居,而且你也住在那里。

通过生和死,今生或来世,无论你带领我到哪里,都是你,仍是你,我的无穷生命中的唯一伴侣,永远用欢乐的系练,把我的心和陌生的人联系在一起。

人一认识了你,世上就没有陌生的人,也没有了紧闭的门户。呵,请允许我的祈求,使我在与众生游戏之中,永不失去和你单独接触的福祉。

64

在荒凉的河岸上,深草丛中,我问她:"姑娘,你用披纱遮着灯,要到哪里去呢?我的房子黑暗寂寞——把你的灯借给我罢!"她抬起乌黑的眼睛,从暮色中看了我一会。"我到河边来,"她说,"要在太阳西下的时候,把我的灯飘浮到水上去。"我独立在深草中看着她的灯的微弱的火光,无用地在潮水上飘流。

在薄暮的寂静中,我问她:"你的灯火都已点上了——那么你拿着这灯到哪里去呢?我的房子黑暗寂寞——把你的灯借给我罢。"她抬起乌黑的眼睛望着我的脸,站着沉吟了一会。最后她说:"我来是要把我的灯献给上天。"我站着看她的灯,在天空中无用地燃点着。

在无月的夜半朦胧之中,我问她:"姑娘,你作什么把灯抱在心前呢?我的房子黑暗寂寞——把你的灯借给我罢。"她站住沉思了一会,在黑暗中注视着我的脸。她说:"我是带着我的灯,来参加灯节的。"我站着看着她的灯,无用地消失在众光之中。

65

我的上帝,从我满溢的生命之杯中,你要饮什么样的圣酒呢?

通过我的眼睛,来观看你自己的创造物,站在我的耳门上,来静听你自己的永恒的谐音,我的诗人,这是你的快乐吗?

你的世界在我的心灵里织上字句,你的快乐又给它们加上音乐。你把自己在梦中交给了我,又通过我来感觉你自己的完满的甜柔。

66

那在神光离合之中,潜藏在我生命深处的她;那在晨光中永远不肯揭开面纱的她,我的上帝,我要用最后的一首歌把她包裹起来,作为我给你的最后的献礼。

无数求爱的话,都已说过,但还没有赢得她的心;劝诱向她伸出渴望的臂,也是枉然。

我把她深藏在心里,到处漫游,我生命的荣枯围绕着她起落。

她统治着我的思想、行动和睡梦,她却自己独居索处。

许多的人叩我的门来访问她,都失望地回去。

在这世界上从没有人和她面对过,她孤守着静待你的赏识。

67

你是天空,你也是窝巢。

呵,美丽的你,在窝巢里就是你的爱,用颜色、声音和香气来围拥住灵魂。

在那里,清晨来了,右手提着金筐,带着美的花环,静静地替大地加冕。

在那里,黄昏来了,越过无人畜牧的荒林,穿过车马绝迹的小径,在她的金瓶里带着安静的西方海上和平的凉飙。

但是在那里,纯白的光辉,统治着伸展着的为灵魂翱翔的无际的天空。在那里无昼无夜,无形无色,而且永远,永远无有言说。

68

你的阳光射到我的地上,整天地伸臂站在我门前,把我的眼泪、叹息和歌曲变成的云彩,带回放在你的足边。

你喜爱地将这云带缠围在你的星胸之上,绕成无数的形式和褶纹,还染上变幻无穷的色彩。

它是那样的轻柔,那样的飘扬、温软、含泪而黯淡,因此你就爱惜它,呵,你这庄严无瑕者。这就是为什么它能够以它可怜的阴影遮掩你的可畏的白光。

69

就是这股生命的泉水,日夜流穿我的血管,也流穿过世界,又应节地跳舞。

就是这同一的生命,从大地的尘土里快乐地伸放出无数片的芳草,迸发出繁花密叶的波纹。

就是这同一的生命,在潮汐里摇动着生和死的大海的摇篮。

我觉得我的四肢因受着生命世界的爱抚而光荣。我的骄傲,是因为时代的脉搏,此刻在我血液中跳动。

70

这欢欣的音律不能使你欢欣吗?不能使你回旋激荡,消失碎裂在这可怖的快乐旋转之中吗?

万物急剧地前奔,它们不停留也不回顾,任何力量都不能挽住它们,它们急遽地前奔。

季候应和着这急速不宁的音乐,跳舞着来了又去——颜色、声音、香味在这充溢的快乐里,汇注成奔流无尽的瀑泉,时时刻刻地在散溅、退落而死亡。

71

　　我应当自己发扬光大、四周放射、投映彩影于你的光辉之中——这便是你的幻境。

　　你在你自身里立起隔栏,用无数不同的音调来呼唤你的分身。你这分身已在我体内成形。

　　高亢的歌声响彻诸天,在多彩的眼泪与微笑,震惊与希望中回应着;波起复落,梦破又圆。在我里面是你自身的破灭。

　　你卷起的那重帘幕,是用昼和夜的画笔,绘出了无数的花样。幕后的你的座位,是用奇妙神秘的曲线织成。抛弃了一切无聊的笔直的线条。

　　你我组成的伟丽的行列,布满了天空。因着你我的歌音,太空都在震颤,一切时代都在你我捉迷藏中度过了。

72

　　就是他,那最深奥的,用他深隐的摩触使我清醒。

　　就是他把神符放在我的眼上,又快乐地在我心弦上弹弄出种种哀乐的调子。

　　就是他用金、银、青、绿的灵幻的色丝,织起幻境的披纱,他的脚趾从衣褶中外露。在他的摩触之下,我忘却了自己。

　　日来年往,就是他永远以种种名字,种种姿态,种种的深悲和极乐,来打动我的心。

73

　　在断念屏欲之中,我不需要拯救。在万千欢愉的约束里我感到了自由的拥抱。

　　你不断地在我的瓦罐里满满地斟上不同颜色不同芬芳的新酒。

　　我的世界,将以你的火焰点上他的万盏不同的明灯,安放在你庙宇的坛前。

不,我永不会关上我感觉的门户。视、听、触的快乐会含带着你的快乐。

是的,我的一切幻想会燃烧成快乐的光明,我的一切愿望将结成爱的果实。

74

白日已过,暗影笼罩大地。是我到河边汲水的时候了。

晚空凭着水的凄音流露着切望。呵,它呼唤我出到暮色中来。荒径上断绝人行,风起了,波浪在河里翻腾。

我不知道是否应该回家去。我不知道我会遇见什么人。浅滩的小舟上有个不相识的人正弹着琵琶。

75

你赐给我们世人的礼物,满足了我们一切的需要,可是它们又毫未减少地返回到你那里。

河水有它每天的工作,匆忙地穿过田野和村庄;但它的不绝的水流,又曲折地回来洗你的双脚。

花朵以芬芳熏香了空气;但它最终的任务,是把自己献上给你。

对你供献不会使世界困穷。

人们从诗人的字句里,选取自己心爱的意义;但是诗句的最终意义是指向着你。

76

过了一天又是一天,呵,我生命的主,我能够和你对面站立吗?呵,全世界的主,我能合掌和你对面站立吗?

在广阔的天空下,严静之中,我能够带着虔恭的心,和你对面站立吗?

在你的劳碌的世界里,喧腾着劳作和奋斗,在营营扰扰的人群中,我能和你对面站立吗?

当我已做完了今生的工作,呵,万王之王,我能够独自悄立在你的面前吗?

77

我知道你是我的上帝,却远立在一边——我不知道你是属于我的,就走近你。我知道你是我的父亲,就在你脚前俯伏——我没有像和朋友握手那样地紧握你的手。

我没有在你降临的地方,站立等候,把你抱在胸前,当你做同道,把你占有。

你是我弟兄的弟兄,但是我不理他们,不把我赚得的和他们平分,我以为这样做,才能和你分享我的一切。

在快乐和苦痛里,我都没有站在人类的一边,我以为这样做,才能和你站在一起。

我畏缩着不肯舍生,因此我没有跳入生命的伟大的海洋里。

78

当鸿蒙初辟,繁星第一次射出灿烂的光辉,众神在天上集会,唱着"呵,完美的画图,完全的快乐!"

有一位神忽然叫起来了——"光链里仿佛断了一环,一颗星星走失了。"

他们金琴的弦子猛然折断了,他们的歌声停止了,他们惊惶地叫着——"对了,那颗走失的星星是最美的,她是诸天的光荣!"

从那天起,他们不住地寻找她,众口相传地说,因为她丢了,世界失去了一种快乐。

只在严静的夜里,众星微笑着互相低语说——"寻找是无用的,无缺的完美正笼盖着一切!"

79

假如我今生无分遇到你,就让我永远感到恨不相逢——让我念念不忘,让我在醒时梦中都怀带着这悲哀的苦痛。

当我的日子在世界的闹市中度过,我的双手满捧着每日的赢利的时候,让我永远觉得我是一无所获——让我念念不忘,让我在醒时梦中都带着这悲哀的苦痛。

当我坐在路边,疲乏喘息,当我在尘土中铺设卧具,让我永远记着前面还有悠悠的长路——让我念念不忘,让我在醒时梦中都怀带着这悲哀的苦痛。

当我的屋子装饰好了,箫笛吹起,欢笑声喧的时候,让我永远觉得我还没有请你光临——让我念念不忘,让我在醒时梦中都怀带着这悲哀的苦痛。

80

我像一片秋天的残云,无主地在空中飘荡,呵,我的永远光耀的太阳!你的摩触远没有蒸化了我的水气,使我与你的光明合一,因此我计算着和你分离的悠长的年月。

假如这是你的愿望,假如这是你的游戏,就请把我这流逝的空虚染上颜色,镀上金辉,让它在狂风中飘浮,舒卷成种种的奇观。

而且假如你愿意在夜晚结束了这场游戏,我就在黑暗中,或在灿白晨光的微笑中,在净化的清凉中,溶化消失。

81

在许多闲散的日子,我悼惜着虚度了的光阴。但是光阴并没有虚度,我的主。你掌握了我生命里寸寸的光阴。

你潜藏在万物的心里,培育着种子发芽,蓓蕾绽红,花落结实。

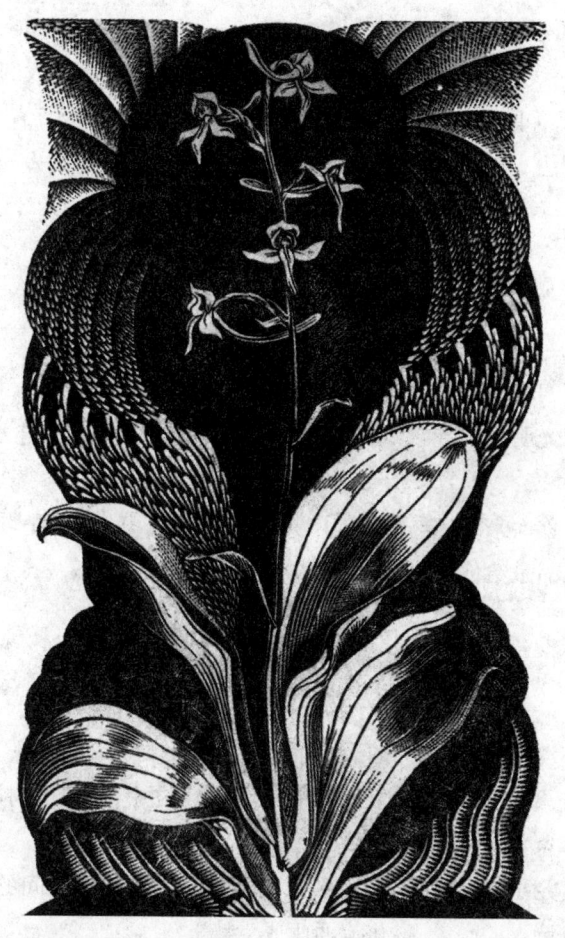

我困乏了,在闲榻上睡眠,想象一切工作都已停歇。早晨醒来,我发现我的园里,却开遍了异蕊奇花。

82

你手里的光阴是无限的,我的主。你的分秒是无法计算的。

夜去明来,时代像花开花落。你晓得怎样来等待。

你的世纪,一个接着一个,来完成一朵小小的野花。

我们的光阴不能浪费,因为没有时间,我们必须争取机缘。我们太穷苦了,决不可迟到。

因此,在我把时间让给每一个性急的,向我索要时间的人,我的时间就虚度了,最后你的神坛上就没有一点祭品。

一天过去,我赶忙前来,怕你的门已经关闭;但是我发现时间还有充裕。

83

圣母呵,我要把我悲哀的眼泪穿成珠链,挂在你的颈上。

星星把光明做成足镯,来装扮你的双足,但是我的珠链要挂在你的胸前。

名利自你而来,也全凭你的予取。但这悲哀却完全是我自己的,当我把它当作祭品献给你的时候,你就以你的恩慈来酬谢我。

84

离愁弥漫世界,在无际的天空中生出无数的情境。

就是这离愁整夜地悄望星辰,在七月阴雨之中,萧萧的树籁变成抒情的诗歌。

就是这笼压弥漫的痛苦,加深而成为爱、欲,而成为人间的苦乐;就是它永远通过诗人的心灵,融化流涌而成为诗歌。

85

当战士们从他们主公的明堂里刚走出来,他们的武力藏在哪里呢?他们的甲胄和干戈藏在哪里呢?

他们显得无助、可怜,当他们从他们主公的明堂走出的那一天,如雨的箭矢向着他飞射。

当战士们整队走回他们主公的明堂里的时候,他们的武力藏在哪里呢?

他们放下了刀剑和弓矢；和平在他们的额上放光,当他们整队走回他们主公的明堂的那一天,他们把他们生命的果实留在后面了。

86

死亡,你的仆人,来到我的门前。他渡过不可知的海洋临到我家,来传达你的召令。

夜色沉黑,我心中畏惧——但是我要端起灯来,开起门来,鞠躬欢迎他。因为站在我门前的是你的使者。

我要含泪地合掌礼拜他。我要把我心中的财产,放在他脚前,来礼拜他。

他的使命完成了就要回去,在我的晨光中留下了阴影;在我萧条的家里,只剩下孤独的我,作为最后献你的祭品。

87

在无望的希望中,我在房里的每一个角落找她;我找不到她。

我的房子很小,一旦丢了东西就永远找不回来。

但是你的房子是无边无际的,我的主,为着找她,我来到了你的门前。

我站在你薄暮金色的天穹下,向你抬起渴望的眼。

我来到了永恒的边涯,在这里万物不灭——无论是希望,是幸福,或是从泪眼中望见的人面。

呵,把我空虚的生命浸到这海洋里罢,跳进这最深的完满里罢。让我在宇宙的完整里,感觉一次那失去的温馨的接触罢。

88

破庙里的神呵！七弦琴的断线不再弹唱赞美你的诗歌。晚钟也不再宣告礼拜你的时间。你周围的空气是寂静的。

流荡的春风来到你荒凉的居所。它带来了香花的消息——就是那素来供养你的香花,现在却无人来呈献了。

你的礼拜者,那些漂泊的惯旅,永远在企望那还未得到的恩典。黄昏来到,灯光明灭于尘影之中,他困乏地带着饥饿的心回到这破庙里来。

许多佳节都在静默中来到,破庙的神呵。许多礼拜之夜,也在无火无灯中度过了。

精巧的艺术家,造了许多新的神像,当他们的末日来到了,便被抛入遗忘的圣河里。

只有破庙的神遗留在无人礼拜的,不死的冷淡之中。

89

我不再高谈阔论了——这是我主的意旨。从那时起我轻声细语。我心里的话要用歌曲低唱出来。

人们急急忙忙地到国王的市场上去,买卖的人都在那里。但在工作正忙的正午,我就早早地离开。

那就让花朵在我的园中开放,虽然花时未到;让蜜蜂在中午奏起他们慵懒的嗡哼。

我曾把充分的时间,用在理欲交战里,但如今是我暇日游侣的雅兴,把我的心拉到他那里去;我也不知道这忽然的召唤,会引到什么突出的奇景。

90

当死神来叩你门的时候,你将以什么贡献他呢?

呵,我要在我客人面前,摆上我的满斟的生命之杯——我决不让他空手回去。

我一切的秋日和夏夜的丰美的收获,我匆促的生命中的一切获得和收藏,在我临终,死神来叩我的门的时候,我都要摆在他的面前。

91

呵,你这生命最后的完成,死亡,我的死亡,来对我低语罢!

我天天地在守望着你;为你,我忍受着生命中的苦乐。

我的一切存在,一切所有,一切希望,和一切的爱,总在深深的秘密中向你奔流。你的眼睛向我最后一盼,我的生命就永远是你的。

花环已为新郎编好。婚礼行过,新娘就要离家,在静夜里和她的主人独对了。

92

我知道这日子将要来到,当我眼中的人世渐渐消失,生命默默地向我道别,把最后的帷幕拉过我的眼前。

但是星辰将在夜中守望,晨曦仍旧升起,时间像海波的汹涌,激荡着欢乐与哀伤。

当我想到我的时间的终点,时间的隔栏便破裂了,在死的光明中,我看见了你的世界和这世界里弃置的珍宝。最低的座位是极其珍奇的,最小的生物也是世间少有的。

我追求而未得到和我已经得到的东西——让它们过去罢。只让我真正地据有了那些我所轻视和忽略的东西。

93

我已经请了假。弟兄们,祝我一路平安罢!我向你们大家鞠了躬就启程了。

我把我门上的钥匙交还——我把房子的所有权都放弃了。我只请求你们最后的几句好话。

我们做过很久的邻居,但是我接受的多,给与的少。现在天已破晓,我黑暗屋角的灯光已灭。召命已来,我就准备启行了。

94

在我动身的时光,祝我一路福星罢,我的朋友们!天空里晨光辉煌,我的前途是美丽的。

不要问我带些什么到那边去。我只带着空空的手和企望的心。

我要戴上我婚礼的花冠。我穿的不是红褐色的行装,虽然间关险阻,我心里也没有惧怕。

旅途尽处,晚星将生,从王宫的门口将弹出黄昏的凄乐。

95

当我刚跨过此生的门槛的时候,我并没有发觉。

是什么力量使我在这无边的神秘中开放,像一朵嫩蕊,中夜在森林里开花!

早起我看到光明,我立时觉得在这世界里我不是一个生人,那不可思议,不可名状的,已以我自己母亲的形象,把我抱在怀里。

就是这样,在死亡里,这同一的不可知者又要以我熟识的面目出现。因为我爱今生,我知道我也会一样地爱死亡。

当母亲从婴儿口中拿开右乳的时候,他就啼哭,但他立刻又从左乳得到了安慰。

96

当我走的时候,让这个作我的别话罢,就是说我所看过的是卓绝无比的。

我曾尝过在光明海上开放的莲花里的隐蜜,因此我受了祝福——让这个做我的别话罢。

在这形象万千的游戏室里,我已经游玩过,在这里我已经瞥见了那无形象的他。

我浑身上下因着那无从接触的他的摩抚而喜颤;假如死亡在这里来临,就让它来好了——让这个作我的别话罢。

97

当我是同你做游戏的时候,我从来没有问过你是谁。我不懂得羞怯和惧怕,我的生活是热闹的。

清晨你就来把我唤醒,像我自己的伙伴一样,带着我跑过林野。

那些日子,我从来不想去了解你对我唱的歌曲的意义。我只随声附和,我的心应节跳舞。

现在,游戏的时光已过,这突然来到我眼前的情景是什么呢?世界低下眼来看着你的双脚,和它的肃静的众星一同敬畏地站着。

98

我要以胜利品,我的失败的花环,来装饰你。逃避不受征服,是我永远做不到的。

我准知道我的骄傲会碰壁,我的生命将因着极端的痛苦而炸裂,我的空虚的心将像一枝空苇呜咽出哀音,顽石也融成眼泪。

我准知道莲花的百瓣不会永远闭合,深藏的花蜜定将显露。

从碧空将有一只眼睛向我凝视,在默默地召唤我。我将空无所有,绝对的空无所有,我将从你脚下领受绝对的死亡。

99

当我放下舵盘,我知道你来接收的时候到了。当作的事立刻要做了。挣扎是无用的。

那就把手拿开,静默地承认失败罢,我的心呵,要想到能在你的岗位上默坐,还算是幸运的。

我的几盏灯都被一阵阵的微风吹灭了,为想把它们重新点起,我屡屡地把其他的事情都忘却了。

这次我要聪明一点,把我的席子铺在地上,在暗中等候;什么时候你高兴,我的主,悄悄地走来坐下罢。

100

我跳进形象海洋的深处,希望能得到那无形象的完美的珍珠。

我不再以我的旧船去走遍海港,我乐于弄潮的日子早已过去了。

现在我渴望死于不死之中。

我要拿起我的生命的弦琴,进入无底深渊旁边,那座涌出无调的乐音的广厅。

我要调拨我的琴弦,和永恒的乐音合拍,当它呜咽出最后的声音时,就把我静默的琴儿放在静默的脚边。

101

我这一生永远以诗歌来寻求你。它们领我从这门走到那门,我和它们一同摸索,寻求着,接触着我的世界。

我所学过的功课,都是诗歌教给我的;它们把捷径指示给我,它们把我心里地平线上的许多星辰,带到我的眼前。

它们整天地带领我走向苦痛和快乐的神秘之国,最后,在我旅程终点的黄昏,它们要把我带到了哪一座宫殿的门首呢?

102

我在人前夸说我认得你。在我的作品中,他们看到了你的画像。他们走来问:"他是谁?"我不知道怎么回答。我说:"真的,我说不出来。"他们斥责我,轻蔑地走开了。你却坐在那里微笑。

我把你的事迹编成不朽的诗歌。秘密从我心中涌出。他们走来问我:"把所有的意思都告诉我们罢。"我不知道怎样回答。我说:"呵,谁知道那是什么意思!"他们哂笑了,鄙夷之极地走开。你却坐在那里微笑。

103

　　在我向你合十膜拜之中,我的上帝,让我一切的感知都舒展在你的脚下,接触这个世界。

　　像七月的湿云,带着未落的雨点沉沉下垂,在我向你合十膜拜之中,让我的全副心灵在你的门前俯伏。

　　让我所有的诗歌,聚集起不同的调子,在我向你合十膜拜之中,成为一股洪流,倾注入静寂的大海。

　　像一群思乡的鹤鸟,日夜飞向他们的山巢,在我向你合十膜拜之中,让我全部的生命,启程回到它永久的家乡。

冰心　译

园丁集

1

仆　人

请对您的仆人开恩吧,我的女王!

女　王

集会已经开过,我的仆人们都走了。你为什么来得这么晚呢?

仆　人

您同别人谈过以后,就是我的时间了。
我来问有什么剩余的工作,好让您最末的一个仆人去做。

女　王

在这么晚的时间你还想做什么呢?

仆　人

让我做您花园里的园丁吧。

女　王

这是什么傻想头呢？

仆　人

我要搁下别的工作。
我把我的剑矛扔在尘土里。不要差遣我去遥远的宫廷；
不要命令我做新的征讨。只求您让我做花园里的园丁。

女　王

你的职责是什么呢？

仆　人

为您闲散的日子服务。
我要保持您晨兴散步的草径清爽新鲜，您每一移步将有甘于就死的繁花以赞颂来欢迎您的双足。
我将在七叶树的枝间推送您的秋千；向晚的月亮将挣扎着从叶隙里吻您的衣裙。
我将在您床边的灯盏里添满香油，我将用檀香和番红花膏在您脚垫上涂画上美妙的花样。

女　王

你要什么酬报呢？

仆　人

只要您允许我像握着嫩柔的菡萏一般地握住您的小拳，把花串套上您的纤腕；允许我用无忧花的红汁来染您的脚底，以亲吻来拂去那偶然留在那里的尘埃。

女　王

你的祈求被接受了,我的仆人,你将是我花园里的园丁。

2

"呵,诗人,夜晚渐临;你的头发已经变白。

"在你孤寂的沉思中听到了来生的消息么?"

"是夜晚了。"诗人说,"夜虽已晚,我还在静听,因为也许有人会从村中呼唤。

"我看守着,是否有年轻的飘游的心聚在一起,两对渴望的眼睛切求有音乐来打破他们的沉默,并替他们说话。

"如果我坐在生命的岸边默想着死亡和来世,又有谁来编写他们的热情的诗歌呢?

"早现的晚星消隐了。

"火葬灰中的红光在沉静的河边慢慢地熄灭下去。

"残月的微光下,胡狼从空宅的庭院里齐声嗥叫。

"假如有游子们离了家,到这里来守夜,低头静听黑暗的微语,有谁把生命的秘密向他耳边低诉呢,如果我关起门户,企图摆脱世俗的牵缠?

"我的头发变白是一件小事。

"我是永远和这村里最年轻的人一样年轻,最年老的人一样年老。

"有的人发出甜柔单纯的微笑,有的人眼里含着狡狯的闪光。

"有的人在白天流涌着眼泪,有的人的眼泪却隐藏在幽暗里。

"他们都需要我,我没有时间去冥想来生。

"我和每一个人都是同年的,我的头发变白了又该怎样呢?"

3

早晨我把网撒在海里。

我从沉黑的深渊拉出奇形奇美的东西——有些微笑般地发亮,有些眼泪般地闪光,有的晕红得像新娘的双颊。

当我携带着这一天的担负回到家里的时候,我爱正坐在园里悠闲地扯着花叶。

我沉吟了一会,就把我捞得的一切放在她的脚前,沉默地站着。

她瞥了一眼说:"这是些什么怪东西?我不知道这些东西有什么用处!"

我羞愧得低了头,心想:"我并没有为这些东西去奋斗,也不是从市场里买来的;这不是一些配送给她的礼物。"

整夜的工夫我把这些东西一件一件地丢到街上。

早晨行路的人来了;他们把这些拾起带到远方去了。

4

我真烦,为什么他们把我的房子盖在通向市镇的路边呢?

他们把满载的船只拴在我的树上。

他们任意地来去游逛。

我坐着看着他们,光阴都消磨了。

我不能回绝他们。这样我的日子便过去了。

日日夜夜他们的足音在我门前震荡。

我徒然地叫道:"我不认识你们。"

有些人是我的手指所认识的,有些人是我的鼻官所认识的,我脉管中的血液似乎认得他们,有些人是我的魂梦所认识的。

我不能回绝他们。我呼唤他们说:"谁愿意到我房子里来就请来吧。对了,来吧。"

清晨,庙里的钟声敲起。

他们提着筐子来了。

他们的脚像玫瑰般红。熹微的晨光照在他们脸上。

我不能回绝他们。我呼唤他们说:"到我园里来采花吧。到这里来吧。"

中午,锣声在庙殿门前敲起。

我不知道他们为什么放下工作在我篱畔流连。

他们发上的花朵已经褪色枯萎了;他们横笛里的音调也显得乏倦。

我不能回绝他们。我呼唤他们说:"我的树荫下是凉爽的。来吧,朋友们。"

夜里蟋蟀在林中唧唧地叫。

是谁慢慢地来到我的门前轻轻地敲叩?

我模糊地看到他的脸,他一句话也没说,四周是天空的静默。

我不能回绝我的沉默的客人。我从黑暗中望着他的脸,梦幻的时间过去了。

5

我心绪不宁。我渴望着遥远的事物。

我的灵魂在极想中走出,要去摸触幽暗的远处的边缘。

呵,"伟大的来生",呵,你笛声的高亢的呼唤!

我忘却了,我总是忘却了,我没有奋飞的翅翼,我永远在这地点系住。

我切望而又清醒,我是一个异乡的异客。

你的气息向我低语出一个不可能的希望。

我的心懂得你的语言,就像它懂得自己的语言一样。

呵,"遥远的寻求",呵,你笛声的高亢的呼唤!

我忘却了,我总是忘却了,我不认得路,我也没有生翼的马。

我心绪不宁,我是自己心中的流浪者。

在疲倦时光的日霭中,你广大的幻象在天空的蔚蓝中显现!

呵,"最远的尽头",呵,你笛声的高亢的呼唤!

我忘却了,我总是忘却了,在我独居的房子里,所有的门户都是紧闭的!

6

驯养的鸟在笼里,自由的鸟在林中。

时间到了,他们相会,这是命中注定的。

自由的鸟说:"呵,我爱,让我们飞到林中去吧。"

笼中的鸟低声说:"到这里来吧,让我俩都住在笼里。"

自由的鸟说:"在栅栏中间,哪有展翅的余地呢?"

"可怜呵,"笼中的鸟说,"在天空中我不晓得到哪里去栖息。"

自由的鸟叫唤说:"我的宝贝,唱起林野之歌吧。"

笼中的鸟说:"坐在我旁边吧,我要教你说学者的语言。"

自由的鸟叫唤说:"不,不!歌曲是不能传授的。"

笼中的鸟说:"可怜的我呵,我不会唱林野之歌。"

他们的爱情因渴望而更加热烈,但是他们永不能比翼双飞。

他们隔栏相望,而他们相知的愿望是虚空的。

他们在依恋中振翼,唱说:"靠近些吧,我爱!"

自由的鸟叫唤说:"这是做不到的,我怕这笼子的紧闭的门。"

笼里的鸟低声说:"我的翅翼是无力的,而且已经死去了。"

7

呵,母亲,年轻的王子要从我们门前走过,——今天早晨我哪有心思干活呢?

教给我怎样挽发;告诉我应该穿哪件衣裳。

你为什么惊讶地望着我呢,母亲?

我深知他不会仰视我的窗户;我知道一刹那间他就要走出我的视线以外;只有那残曳的笛声将从远处向我鸣咽。

但是那年轻的王子将从我们门前走过,这时节我要穿上我最好的衣裳。

呵,母亲,年轻的王子已经从我们门前走过了,从他的车辇里射出朝日的金光。

我从脸上掠开面纱,我从颈上扯下红玉的颈环,扔在他走来的路上。

你为什么惊讶地望着我呢,母亲?

我深知他没有拾起我的颈环;我知道它在他的轮下碾碎了,在尘土上留下了红斑,没有人晓得我的礼物是什么样子,也不知道是谁给的。

但是那年轻的王子曾经从我们门前走过,我也曾经把我胸前的珍宝丢在他走来的路上了。

8

当我床前的灯熄灭了,我和晨鸟一同醒起。

我在散发上戴上新鲜的花串,坐在洞开的窗前。

那年轻的行人在玫瑰色的朝霭中从大路上来了。

珠链在他的颈上,阳光在他的冠上。他停在我的门前,用切望的呼声问我:"她在哪里呢?"

因为深深害羞,我不好意思说出:"她就是我,年轻的行人,她就是我。"

黄昏来到,还未上灯。

我心绪不宁地编着头发。

在落日的光辉中年轻的行人驾着车辇来了。

他的驾车的马,嘴里喷着白沫,他的衣袍上蒙着尘土。

他在我的门前下车,用疲乏的声音问:"她在哪里呢?"

因为深深害羞,我不好意思说出:"她就是我,愁倦的行人,她就是我。"

一个四月的夜晚。我的屋里点着灯。

南风温柔地吹来。多言的鹦鹉在笼里睡着了。

我的衷衣和孔雀颈毛一样地华彩,我的披纱和嫩草一样地碧青。

我坐在窗前地上看望着冷落的街道。

在沉黑的夜中我不住地低吟着:"她就是我,失望的行人,她就是我。"

9

当我在夜里独赴幽会的时候,鸟儿不叫,风儿不吹,街道两旁的房屋沉默地站立着。

是我自己的脚镯越走越响使我羞怯。

当我站在凉台上倾听他的足音,树叶不摇,河水静止,像熟睡的哨兵膝上的刀剑。

是我自己的心在狂跳——我不知道怎样使它宁静。

当我爱人来了,坐在我身旁,当我的身躯震颤,我的眼睫下垂,夜更深了,风吹灯灭,云片在繁星上曳过轻纱。

是我自己胸前的珍宝放出光明。我不知道怎样把它遮起。

10

放下你的工作吧,我的新娘。听,客人来了。

你听见没有,他在轻轻地摇动那拴门的链子?

小心不要让你的脚镯响出声音,在迎接他的时候你的脚步不要太急。

放下你的工作吧,新娘,客人在晚上来了。

不,这不是一阵阴风,新娘,不要惊惶。

这是四月夜中的满月,院里的影子是暗淡的,头上的天空是明亮的。

把轻纱遮上脸,若是你觉得需要;提着灯到门前去,若是你害怕。

不,这不是一阵阴风,新娘,不要惊惶。

若是你害羞就不必和他说话,你迎接他的时候只须站在门边。

他若问你话,若是你愿意这样做,你就沉默地低眸。

不要让你的手镯作响,当你提着灯,带他进来的时候。

不必同他说话,如果你害羞。

你的工作还没有做完么,新娘?听,客人来了。

你还没有把牛棚里的灯点起来么?

你还没有把晚祷的供筐准备好么?

你还没有在发缝中涂上鲜红的吉祥点,你还没有理过晚妆么?

呵,新娘,你没有听见,客人来了么?

放下你的工作吧!

11

你就这样地来吧;不要在梳妆上挨延了。

即使你的辫发松散,即使你的发缝没有分直,即使你衷衣的丝带没有系好,都不要管它。

你就这样地来吧;不要在梳妆上挨延了。

来吧,用快步踏过草坪。

即使露水粘掉了你脚上的红粉,即使你踝上的铃串褪松,即使你链上的珠儿脱落,都不要管它。

来吧,用快步踏过草坪吧。

你没看见云雾遮住天空么?
鹤群从远远的河岸飞起,狂风吹过常青的灌木。
惊牛奔向村里的栅棚。
你没看见云雾遮住天空么?

你徒然点上晚妆的灯火——它颤摇着在风中熄灭了。
谁能看出你眼睫上没有涂上乌烟?因为你的眼睛比雨云还黑。
你徒然点上晚妆的灯火——它熄灭了。

你就这样地来吧,不要在梳妆上挨延了。
即使花环没有穿好,谁管它呢;即使手镯没有扣上,让它去吧。
天空被阴云塞满了——时间已晚。
你就这样地来吧;不要在梳妆上挨延了。

12

若是你要忙着把水瓶灌满,来吧,到我的湖上来吧。
湖水将回绕在你的脚边,潺潺地说出它的秘密。
沙滩上有了欲来的雨云的阴影,云雾低垂在丛树的绿线上,像你眉上的浓发。
我深深地熟悉你脚步的韵律,它在我心中敲击。
来吧,到我的湖上来吧,如果你必须把水瓶灌满。

如果你想懒散闲坐,让你的水瓶飘浮在水面,来吧,到我的湖上来吧。
草坡碧绿,野花多得数不清。
你的思想将从你乌黑的眼眸中飞出,像鸟儿飞出窝巢。
你的披纱将褪落到脚上。
来吧,如果你要闲坐,到我的湖上来吧。

如果你想撇下嬉游跳进水里,来吧,到我的湖上来吧。

把你的蔚蓝的丝巾留在岸上;蔚蓝的水将没过你,盖住你。
水波将蹑足来吻你的颈项,在你耳边低语。
来吧,如果你想跳进水里,到我的湖上来吧。

如果你想发狂而投入死亡,来吧,到我的湖上来吧。
它是清凉的,深到无底。
它沉黑得像无梦的睡眠。
在它的深处黑夜就是白天,歌曲就是静默。
来吧,如果你想投入死亡,到我的湖上来吧。

13

我一无所求,只站在林边树后。
倦意还逗留在黎明的眼上,露润在空气里。
湿草的懒味悬垂在地面的薄雾中。
在榕树下你用乳油般柔嫩的手挤着牛奶。
我沉静地站立着。

我没有说出一个字。那是藏起的鸟儿在密叶中歌唱。
芒果树在村径上撒着繁花,蜜蜂一只一只地嗡嗡飞来。
池塘边湿婆天的庙门开了,朝拜者开始诵经。
你把罐儿放在膝上挤着牛奶。
我提着空桶站立着。

我没有走近你。
天空和庙里的锣声一同醒起。
街尘在驱走的牛蹄下飞扬。
把汩汩发响的水瓶搂在腰上,女人们从河边走来。
你的钏镯丁当,乳沫溢出罐沿。
晨光渐逝而我没有走近你。

14

我在路边行走,也不知道为什么,时已过午,竹枝在风中簌簌作响。
横斜的影子伸臂拖住流光的双足。
布谷鸟都唱倦了。
我在路边行走,也不知道为什么。

低垂的树荫盖住水边的茅屋。

有人正忙着工作,她的钏镯在一角放出音乐。
我在茅屋前面站着,我不知道为什么。

曲径穿过一片芥菜田地和几层芒果树林。
它经过村庙和渡头的市集。
我在这茅屋面前停住了,我不知道为什么。

好几年前,三月风吹的一天,春天倦慵地低语,芒果花落在地上。
浪花跳起掠过立在渡头阶沿上的铜瓶。
我想着三月风吹的这一天,我不知道为什么。

阴影更深,牛群归栏。
冷落的牧场上日色苍白,村人在河边待渡。
我缓步回去,我不知道为什么。

15

我像麝鹿一样在林荫中奔走,为着自己的香气而发狂。
夜晚是五月正中的夜晚,清风是南国的清风。
我迷了路,我游荡着,我寻求那得不到的东西,我得到我所没有寻求的东西。

我自己的愿望的形象从我心中走出,跳起舞来。
这闪光的形象飞掠过去。
我想把它紧紧捉住,它躲开了又引着我飞走下去。
我寻求那得不到的东西,我得到我所没有寻求的东西。

16

手握着手,眼恋着眼;这样开始了我们的心的纪录。

这是三月的月明之夜；空气里有凤仙花的芬芳；我的横笛抛在地上，你的花串也没有编成。

你我之间的爱像歌曲一样地单纯。

你橙黄色的面纱使我眼睛陶醉。

你给我编的茉莉花环使我心震颤，像是受了赞扬。

这是一个又予又留、又隐又现的游戏；有些微笑，有些娇羞，也有些甜柔的无用的抵拦。

你我之间的爱像歌曲一样的单纯。

没有现在以外的神秘；不强求那做不到的事情；没有魅惑后面的阴影；没有黑暗深处的探索。

你我之间的爱像歌曲一样的单纯。

我们没有走出一切语言之外进入永远的沉默；我们没有向空举手寻求希望以外的东西。

我们付与，我们取得，这就够了。

我们没有把喜乐压成微尘来榨取痛苦之酒。

你我之间的爱像歌曲一样的单纯。

17

黄鸟在自己的树上歌唱，使我的心喜舞。

我们两人住在一个村子里，这是我们的一份快乐。

她心爱的一对小羊，到我园树的荫下吃草。

它们若走进我的麦地，我就把它们抱在臂里。

我们的村子名叫康遮那，人们管我们的小河叫安遮那。

我的名字村人都知道，她的名字是软遮那。

我们中间只隔着一块田地。

在我们树里做窝的蜜蜂,飞到他们林中去采蜜。

从他们渡头街上流来的落花,飘到我们洗澡的池塘里。

一筐一筐的红花干从他们地里送到我们的市集上。

我们村子名叫康遮那,人们管我们的小河叫安遮那。

我的名字村人都知道,她的名字是软遮那。

到她家去的那条曲巷,春天充满了芒果的花香。

他们亚麻子收成的时候,我们地里的苎麻正在开放。

在他们房上微笑的星辰,送给我们以同样的闪亮。

在他们水槽里满溢的雨水,也使我们的迦昙树林喜乐。

我们村子名叫康遮那,人们管我们的小河叫安遮那。

我的名字村人都知道,她的名字是软遮那。

18

当这两个姊妹出去打水的时候,她们来到这地点,她们微笑了。

她们一定觉察到,每次她们出来打水的时候,那个站在树后的人儿。

姊妹俩相互耳语,当她们走过这地点的时候。

她们一定猜到了,每逢她们出来打水的时候,那个人站在树后的秘密。

她们的水瓶忽然倾倒,水倒出来了,当她们走到这地点的时候。

她们一定发觉,每逢她们出来打水的时候,那个站在树后的人的心正在跳着。

姊妹俩相互瞥了一眼又微笑了,当她们来到这地点的时候。

她们飞快的脚步里带着笑声,使这个每逢她们出来打水的时候站在树后的人儿心魂撩乱了。

19

你腰间搂着灌满的水瓶,在河边路上行走。

你为什么急遽地回头,从飘扬的面纱里偷偷地看我?

这个从黑暗中向我送来的闪视,像凉风在粼粼的微波上掠过,一阵震颤直到阴荫的岸边。

它向我飞来,像夜中的小鸟急遽地穿过无灯的屋子的两边洞开的窗户,又在黑夜中消失了。

你像一颗隐在山后的星星,我是路上的行人。

但是你为什么站了一会,从面纱中瞥视我的脸,当你腰间搂着灌满的水瓶在河边路上行走的时候?

20

他天天来了又走了。

去吧,把我头上的花朵送去给他吧,我的朋友。

假如他问赠花的人是谁,我请你不要把我的名字告诉他——因为他来了又要走的。

他坐在树下的地上。

用繁花密叶给他敷设一个座位吧,我的朋友。

他的眼神是忧郁的,它把忧郁带到我的心中。

他没有说出他的心事;他只是来了又走了。

21

他为什么特地来到我的门前,这年轻的游子,当天色黎明的时候?

每次我进出经过他的身旁,我的眼睛总被他的面庞所吸引。

我不知道我是应该同他说话还是保持沉默。他为什么特地到我门前来呢?

七月的阴夜是黑沉的;秋日的天空是浅蓝的,南风把春天吹得骀荡不宁。
他每次用新调编着新歌。
我放下活计眼里充满雾水。他为什么特地到我门前来呢?

22

当她用急步走过我的身旁,她的裙缘触到了我。
从一颗心的无名小岛上忽然吹来了一阵春天的温馨。
一霎飞触的撩乱扫拂过我,立刻又消失了,像扯落了的花瓣在和风中飘扬。
它落在我的心上,像她的身躯的叹息和她心灵的低语。

23

你为什么悠闲地坐在那里,把镯子玩得丁当作响呢?
把你的水瓶灌满了吧。是你应当回家的时候了。

你为什么悠闲地拨弄着水玩。偷偷地瞥视路上的行人呢?
灌满你的水瓶回家去吧。

早晨的时间过去了——沉黑的水不住地流逝。
波浪相互低语嬉笑闲玩着。

流荡的云片聚集在远野高地的天边。
它们留连着悠闲地看着你的脸微笑着。
灌满你的水瓶回家去吧。

24

不要把你心的秘密藏起,我的朋友!

对我说吧,秘密地对我一个人说吧,

你这个笑得这样温柔、说得这样轻软的人,我的心将听着你的语言,不是我的耳朵。

夜深沉,庭宁静,鸟巢也被睡眠笼罩着。

从踌躇的眼泪里,从沉吟的微笑里,从甜柔的羞怯和痛苦里,把你心的秘密告诉我吧!

25

"到我们这里来吧,青年人,老实告诉我们,为什么你眼里带着疯癫?"

"我不知道我喝了什么野罂粟花酒,使我的眼带着疯癫。"

"呵,多难为情!"

"好吧,有的人聪明有的人愚拙,有的人细心有的人马虎。有的眼睛会笑,有的眼睛会哭——我的眼睛是带着疯癫的。"

"青年人,你为什么这样凝立在树影下呢?"

"我的脚被我沉重的心压得疲倦了,我就在树影下凝立着。"

"呵,多难为情!"

"好吧,有人一直行进,有人到处流连,有的人是自由的,有的人是锁住的——我的脚被我沉重的心压得疲倦了。"

26

"从你慷慨的手里所赋予的,我都接受。我别无所求。"

"是了,是了,我懂得你,谦卑的乞丐,你是乞求一个人的一切所有。"

"若是你给我一朵残花,我也要把它戴在心上。"
"若是那花上有刺呢?"
"我就忍受着。"
"是了,是了,我懂得你,谦卑的乞丐,你是乞求一个人的一切所有。"

"如果你只在我脸上瞥来一次爱怜的眼光,就会使我的生命直到死后还是甜蜜的。"
"假如那只是残酷的眼色呢?"
"我要让它永远穿刺我的心。"
"是了,是了,我懂得你,谦卑的乞丐,你是乞求一个人的一切所有。"

27

"即使爱只给你带来了哀愁,也信任它。不要把你的心关起。"
"呵,不,我的朋友,你的话语太隐晦了,我不懂得。"

"心是应该和一滴眼泪、一首诗歌一起送给人的,我爱。"
"呵,不,我的朋友,你的话语太隐晦了,我不懂得。"

"喜乐像露珠一样地脆弱,它在欢笑中死去。哀愁却是坚强而耐久。让含愁的爱在你眼中醒起吧。"
"呵,不,我的朋友,你的话语太隐晦了,我不懂得。"

"荷花在日中开放,丢掉了自己的一切所有。在永生的冬雾里,它将不再含苞。"
"呵,不,我的朋友,你的话语太隐晦了,我不懂得。"

28

你的疑问的眼光是含愁的。它要追探了解我的意思,好像月亮探测大海。

我已经把我生命的终始,全部暴露在你的眼前,没有任何隐秘和保留。因此你不认识我。

假如它是一块宝石,我就能把它碎成千百颗粒,串成项链挂在你的颈上。

假如它是一朵花,圆圆小小香香的,我就能从枝上采来戴在你的发上。

但是它是一颗心,我的爱人。何处是它的边和底?

你不知道这个王国的边极,但你仍是这王国的女王。

假如它是片刻的欢娱,它将在喜笑中开花,你立刻就会看到、懂得了。

假如它是一阵痛苦,它将融化成晶莹眼泪,不着一字地反映出它最深的秘密。

但是它是爱,我的爱人。

它的欢乐和痛苦是无边的,它的需求和财富是无尽的。

它和你亲近得像你的生命一样,但是你永远不能完全了解它。

29

对我说吧,我爱!用言语告诉我你唱的是什么。

夜是深黑的,星星消失在云里,风在叶丛中叹息。

我将披散我的头发,我的青蓝的披风将像黑夜一样地紧裹着我。我将把我的头紧抱在胸前:在甜柔的寂寞中在你心头低诉。我将闭目静听。我不会看望你的脸。

等到你的话说完了,我们将沉默凝坐。只有丛树在黑暗中微语。

夜将发白。天光将晓。我们将望望彼此的眼睛,然后各走各的路。

对我说话吧,我爱!用言语告诉我你唱的是什么。

30

你是一朵夜云,在我梦幻中的天空浮泛。

我永远用爱恋的渴想来描画你。

你是我一个人的,我一个人的,我无尽的梦幻中的居住者!

你的双脚被我心切望的热光染得绯红,我的落日之歌的搜集者!
我的痛苦之酒使你的唇儿苦甜。
你是我一个人的,我一个人的,我寂寥的梦幻中的居住者!

我用热情的浓影染黑了你的眼睛;我的凝视深处的崇魂!
我捉住了你,缠住了你,我爱,在我音乐的罗网里。
你是我一个人的,我一个人的,我永生的梦幻中的居住者!

31

我的心,这只野鸟,在你的双眼中找到了天空。
它们是清晓的摇篮,它们是星辰的王国。
我的诗歌在它们的深处消失。
只让我在这天空中高飞,翱翔在静寂的无限空间里。
只让我冲破它的云层,在它的阳光中展翅吧。

32

告诉我,这一切是否都是真的。我的情人,告诉我,这是否真的。
当这一对眼睛闪出电光,你胸中的浓云发出风暴的回答。
我的唇儿,是真像觉醒的初恋的蓓蕾那样香甜么?
消失了的五月的回忆仍旧流连在我的肢体上么?
那大地,像一张琴,真因着我双足的踏触而颤成诗歌么?
那么当我来时,从夜的眼睛里真的落下露珠,晨光也真因为围绕我的身躯而感到喜悦么?
是真的么,是真的么,你的爱贯穿许多时代、许多世界来寻找我么?
当你最后找到了我,你天长地久的渴望,在我的温柔话里,在我的眼睛嘴唇和飘扬的头发里,找到了完全的宁静么?

那么"无限"的神秘是真的写在我小小的额上么?
告诉我,我的情人,这一切是否都是真的。

33

我爱你,我的爱人。请饶恕我的爱。
像一只迷路的鸟,我被捉住了。
当我的心抖战的时候,它丢了围纱,变成赤裸。用怜悯遮住它吧。爱人,请饶恕我的爱。

如果你不能爱我,爱人,请饶恕我的痛苦。
不要远远地斜视我。
我将偷偷地回到我的角落里去,在黑暗中坐地。
我将用双手掩起我赤裸的羞惭。
回过脸去吧,我的爱人,请饶恕我的痛苦。

如果你爱我,爱人,请饶恕我的欢乐。
当我的心被快乐的洪水卷走的时候,不要笑我的汹涌的退却。
当我坐在宝座上,用我暴虐的爱来统治你的时候,当我像女神一样向你施恩的时候,饶恕我的骄傲吧,爱人,也饶恕我的欢乐。

34

不要不辞而别,我爱。
我看望了一夜,现在我脸上睡意重重。
只恐我在睡中把你丢失了。
不要不辞而别,我爱。

我惊起伸出双手去摸触你,我问自己说:
"这是一个梦么?"

但愿我能用我的心系住你的双足,紧抱在胸前!

不要不辞而别,我爱。

35

只恐我太容易地认得你,你对我耍花招。

你用欢笑的闪光使我目盲来掩盖你的眼泪。

我知道,我知道你的妙计,

你从来不说出你所要说的话。

只恐我不珍爱你,你千方百计地闪避我。

只恐我把你和大家混在一起,你独自站在一边。

我知道,我知道你的妙计,

你从来不走你所要走的路。

你的要求比别人都多,因此你才静默。

你用嬉笑的无心来回避我的赠与。

我知道,我知道你的妙计,

你从来不肯接受你想接受的东西。

36

他低声说:"我爱,抬起眼睛吧。"

我严厉地责骂他说:"走!"但是他不动。

他站在我面前拉住我的双手。我说:"躲开我!"但是他没有走。

他把脸靠近我的耳边。我瞪他一眼说:"不要脸!"但是他没有动。

他的嘴唇触到我的腮颊。我震颤了,说:"你太大胆了!"但是他不怕丑。

他把一朵花插在我发上。我说:"这也没有用处!"但是他站着不动。

他取下我颈上的花环就走开了。我哭了,问我的心说:"他为什么不回来呢?"

37

"你愿意把你的鲜花的花环挂在我的颈上么,佳人?"

"但是你要晓得,我编的那个花环,是为大家的,为那些偶然瞥见的人,住在未开发的大地上的人,住在诗人歌曲里的人。

现在来请求我的心作为答赠已经太晚了。
曾有一个时候,我的生命像一朵蓓蕾,它所有的芬芳都储藏在花心里。
现在它已远远地喷溢四散。
谁晓得有什么魅力,可以把它们收集关闭起来呢?
我的心不容我只给一个人,它是要给与许多人的。"

38

我爱,从前有一天,你的诗人把一首伟大史诗投进他心里。
呵,我不小心,它打到你的丁当的脚镯上而引起悲愁。
它裂成诗歌的碎片散洒在你的脚边。
我满载的一切古代战争的货物,都被笑浪所颠簸,被眼泪浸透而下沉。
你必须使这损失成为我的收获,我爱。
如果我的死后不朽的荣名的希望都破灭了,那就在生前使我不朽吧。
我将不为这损失伤心,也不责怪你。

39

整个早晨我想编一个花环,但是花儿滑掉了。
你坐在一旁偷偷地从侦伺的眼角看着我。
问这一对沉黑的恶作剧的眼睛,这是谁的错。

我想唱一支歌,但是唱不出来。

一个暗笑在你唇上颤动;你问它我失败的缘由。

让你微笑的唇儿发一个誓,说我的歌声怎样地消失在沉默里,像一只在荷花里沉醉的蜜蜂。

夜晚了,是花瓣合起的时候了。

容许我坐在你的旁边,容许我的唇儿做那在沉默中、在星辰的微光中能做的工作吧。

40

一个怀疑的微笑在你眼中闪烁,当我来向你告别的时候。

我这样做的次数太多了,你想我很快又会回来。

告诉你实话,我自己心里也有同样的怀疑。

因为春天年年回来;满月道过别又来访问,花儿每年回来在枝上红晕着脸,很可能我向你告别只为的要再回到你的身边。

但是把这幻象保留一会吧,不要冷酷粗率地把它赶走。

当我说我要永远离开你的时候,就当作真话来接受它,让泪雾暂时加深你眼边的黑影。

当我再来的时候,随便你怎样地狡笑吧。

41

我想对你说出我要说的最深的话语,我不敢,我怕你哂笑。

因此我嘲笑自己,把我的秘密在玩笑中打碎。

我把我的痛苦说得轻松,因为怕你会这样做。

我想对你说出我要说的最真的话语,我不敢,我怕你不信。

因此我弄真成假,说出和我的真心相反的话。

我把我的痛苦说得可笑,因为我怕你会这样做。

我想用最宝贵的名词来形容你,我不敢,我怕得不到相当的酬报。
因此我给你安上苛刻的名字,而夸示我的硬骨。
我伤害你,因为怕你永远不知道我的痛苦。
我渴望静默地坐在你的身旁,我不敢,怕我的心会跳到我的唇上。
因此我轻松地说东道西,把我的心藏在语言的后面。
我粗暴地对待我的痛苦,因为我怕你会这样做。

我渴望从你身边走开,我不敢,怕你看出我的懦怯。
因此我随随便便地昂着头走到你的面前。
从你眼里频频掷来的刺激,使我的痛苦永远新鲜。

42

呵,疯狂的、头号的醉汉;
如果你踢开门户在大众面前装疯;
如果你在一夜倒空囊橐,对慎重轻蔑地弹着指头;
如果你走着奇怪的道路,和无益的东西游戏;
不理会韵律和理性;
如果你在风暴前扯起船帆,你把船舵折成两半,
那么我就要跟随你,伙伴,喝得烂醉走向堕落灭亡。

我在稳重聪明的街坊中间虚度了日日夜夜。
过多的知识使我白了头发,过多的观察使我眼力模糊。
多年来我积攒了许多零碎的东西:
把这些东西摔碎,在上面跳舞,把它们散掷到风中去吧。
因为我知道喝得烂醉而堕落灭亡,是最高的智慧。

让一切歪曲的顾虑消亡吧,让我无望地迷失了路途。

让一阵旋风吹来,把我连船锚一齐卷走。
世界上住着高尚的人,劳动的人,有用又聪明。
有的人很从容地走在前头,有的人庄重地走在后面。
让他们快乐繁荣吧,让我傻呆地无用吧。
因为我知道喝得烂醉而堕落灭亡,是一切工作的结局。

我此刻誓将一切的要求,让给正人君子。
我抛弃我学识的自豪和是非的判断。
我打碎记忆的瓶壶,挥洒最后的眼泪。
以红果酒的泡沫来洗澡,使我欢笑发出光辉。
我暂且撕裂温恭和认真的标志。
我将发誓作一个无用的人,喝得烂醉而堕落灭亡下去。

43

不,我的朋友,我永不会做一个苦行者,随便你怎么说。
我将永不做一个苦行者,假如她不和我一同受戒。
这是我坚定的决心,如果我找不到一个荫凉的住处和一个忏悔的伴侣,我将永远不会变成一个苦行者。

不,我的朋友,我将永不离开我的炉火与家庭,去退隐到深林里面,如果在林荫中没有欢笑的回响;如果没有郁金色的衣裙在风中飘扬;如果它的幽静不因有轻柔的微语而加深。
我将永不会做一个苦行者。

44

尊敬的长者,饶恕这一对罪人吧。
今天春风猖狂地吹起旋舞,把尘土和枯叶都扫走了,你的功课也随着一起丢掉了。

师父,不要说生命是虚空的。

因为我们和死亡订下一次和约,在一段温馨的时间中,我俩变成不朽。

即使是国王的军队凶猛地前来追捕,我们将忧愁地摇头说,弟兄们,你们扰乱了我们了。如果你们必须做这个吵闹的游戏,到别处去敲击你们的武器吧。因为我们刚在这片刻飞逝的时光中变成不朽。

如果亲切的人们来把我们围起,我们将恭敬地向他们鞠躬说,这个荣幸使我们惭愧。在我们居住的无限天空之中,没有多少隙地。因为在春天繁花盛开,蜜蜂的忙碌的翅翼也彼此摩挤。只住着我们两个仙人的小天堂,是狭小得太可笑了。

45

对那些定要离开的客人们,求神帮他们快走,并且扫掉他们所有的足迹。

把舒服的、单纯的、亲近的微笑着一起抱在你的怀里。

今天是幻影的节日,他们不知道自己的死期。

让你的笑声只作为无意义的欢乐,像浪花上的闪光。

让你的生命像露珠在叶尖一样,在时间的边缘上轻轻跳舞。

在你的琴弦上弹出无定的暂时的音调吧。

46

你离开我自己走了。

我想我将为你忧伤,还将用金色的诗歌铸成你孤寂的形象,供养在我的心里。

但是,我的运气多坏,时间是短促的。

青春一年一年地消逝;春日是暂时的;柔弱的花朵无意义地凋谢,聪明人警告我说,生命只是一颗荷叶上的露珠。

我可以不管这些,只凝望着背弃我的那个人么?

这会是无益的,愚蠢的,因为时间是太短暂了。

那么,来吧,我的雨夜的脚步声;微笑吧,我的金色的秋天;来吧,无虑无忧的四月,散掷着你的亲吻。

你来吧,还有你,也有你!

我的情人们,你知道我们都是凡人。为一个取回她的心的人而心碎,是件聪明的事情么?因为时间是短暂的。

坐在屋角凝思,把我的世界中的你们都写在韵律里,是甜柔的。

把自己的忧伤抱紧,决不受人安慰,是英勇的。

但是一个新的面庞,在我门外偷窥,抬起眼来看我的眼睛。

我只能拭去眼泪,更改我歌曲的腔调。

因为时间是短暂的。

47

如果你要这样,我就停了歌唱。

如果它使你心震颤,我就把眼光从你脸上挪开。

如果使你在行走时忽然惊跃,我就躲开另走别路。

如果在你编串花环时,使你烦乱,我就避开你寂寞的花园。

如果我使水花飞溅,我就不在你的河边划船。

48

把我从你甜柔的枷束中放出来吧,我爱,不要再斟上亲吻的酒。

香烟的浓雾窒塞了我的心。

开起门来,让晨光进入吧!

我消失在你里面,包缠在你爱抚的折痕之中。

把我从你的诱惑中放出来吧,把男子气概交还我,好让我把得到自由的心贡献给你。

49

我握住她的手把她抱紧在胸前。

我想以她的爱娇来填满我的怀抱,用亲吻来偷劫她的甜笑,用我的眼睛来吸饮她的深黑的一瞥。

呵,但是,它在哪里呢?谁能从天空滤出蔚蓝呢?

我想去把握美;它躲开我,只有躯体留在我的手里。

失望而困乏地,我回来了。

躯体哪能触到那只有精神才能触到的花朵呢?

50

爱,我的心日夜想望和你相见——那像吞灭一切的死亡一样的会见。

像一阵风暴把我卷走;把我的一切都拿去;劈开我的睡眠抢走我的梦。剥夺了我的世界。

在这毁灭里,在精神的全部赤露里,让我们在美中合一吧。

我的空想是可怜的!除了在你里面,哪有这合一的希望呢,我的神?

51

那么唱完最后一支歌就让我们走吧。

当这夜过完就把这夜完掉。

我想把谁紧抱在臂里呢?梦是永不会被捉住的。

我渴望的双手把"空虚"紧压在我心上,压碎了我的胸膛。

52

灯为什么熄了呢?

我用斗篷遮住它怕它被风吹灭,因此灯熄了。

花为什么谢了呢?
我的热恋的爱把它紧压在我的心上,因此花谢了。

泉为什么干了呢?
我筑起一道堤把它拦起给我使用,因此泉干了。

琴弦为什么断了呢?
我强弹一个它力不能胜的音节,因此琴弦断了。

53

为什么盯着我使我羞愧呢?
我不是来乞求的。
只为要消磨时光,我才来站在你院边的篱外。
为什么盯着我使我羞愧呢?

我没有从你园里采走一朵玫瑰,没有摘下一颗果子。
我谦卑地在任何生客都可站立的路边棚下,找个荫蔽。
我没有采走一朵玫瑰。

是的,我的脚疲乏了,骤雨又落了下来。
风在摇曳的竹林中呼叫。
云阵像败退似的跑过天空。
我的脚疲乏了。

我不知道你怎样看待我,或是你在门口等什么人。
闪电昏眩了你看望的目光。
我怎能知道你会看到站在黑暗中的我呢?

我不知道你怎样看待我。

白日过尽,雨势暂停。
我离开你园畔的树荫和草地上的座位。
日光已暗;关上你的门户吧;我走我的路。
白日过尽了。

54

市集已过,你在夜晚急急地提着篮子要到哪里去呢?
他们都挑着担子回家去了;月亮从树隙中下窥。
唤船的回声从深黑的水上传到远处野鸭睡眠的泽沼。
在市集已过的时候,你提着篮子急忙地要到哪里去呢?

睡眠把她的手指按在大地的双眼上。
鸦巢已静,竹叶的微语也已沉默。
劳动的人们从田间归来,把席子展铺在院子里。
在市集已过的时候,你提着篮子急忙地要到哪里去呢?

55

正午的时候你走了。
烈日当空。
当你走的时候,我已做完了工作,坐在凉台上。
不定的风吹来,含带着许多远野的香气。
鸽子在树荫中不停地叫唤,一只蜜蜂在我屋里飞着,嗡出许多远野的消息。

村庄在午热中入睡了。路上无人。
树叶的声音时起时息。

我凝望天空,把一个我知道的人的名字织在蔚蓝里,当村庄在午热中入睡的时候。

我忘记把头发编起。困倦的风在我颊上和它嬉戏。
河水在荫岸下平静地流着。
懒散的白云动也不动。
我忘了编起我的头发。

正午的时候你走了。
路上尘土灼热,田野在喘息。
鸽子在密叶中呼唤。
我独坐在凉台上,当你走的时候。

56

我是妇女中为平庸的日常家务而忙碌的一个。
你为什么把我挑选出来,把我从日常生活的凉荫中带出来?
没有表现出来的爱是神圣的。它像宝石般在隐藏的心的朦胧里放光。在奇异的日光中,它显得可怜地晦暗。
呵,你打碎我心的盖子,把我颤栗的爱情拖到空旷的地方,把那阴暗的藏我心巢的一角永远破坏了。

别的女人和从前一样。
没有一个人窥探到自己的最深处,她们不知道自己的秘密。
她们轻快地微笑,哭泣,谈话,工作。她们每天到庙里去,点上她们的灯,还到河中取水。

我希望能从无遮拦的颤羞中把我的爱情救出,但是你掉头不顾。
是的,你的前途是远大的,但是你把我的归路切断了,让我在世界的无睫毛的眼睛日夜瞪视之下赤裸着。

57

我采了你的花,呵,世界!
我把它压在胸前,花刺伤了我。
日光渐暗,我发现花儿凋谢了,痛苦却存留着。

许多有香有色的花又将来到你这里,呵,世界!

但是我采花的时代过去了,黑夜悠悠,我没有了玫瑰,只有痛苦存留着。

58

有一天早晨,一个盲女来献给我一串盖在荷叶下的花环。
我把它挂在颈上,泪水涌上我的眼睛。
我吻了它,说:"你和花朵一样地盲目。"
"你自己不知道你的礼物是多么美丽。"

59

呵,女人,你不但是神的,而且是人的手工艺品;他们永远从心里用美来打扮你。
诗人用比喻的金线替你织网,画家们给你的身形以永新的不朽。
海献上珍珠,矿献上金子,夏日的花园献上花朵来装扮你,覆盖你,使你更加美妙。
人类心中的愿望,在你的青春上洒上光荣。
你一半是女人,一半是梦。

60

在生命奔腾怒吼的中流,呵,石头雕成的"美",你冷静无言,独自超绝地站立着。
"伟大的时间"依恋地坐在你脚边低语说:
"说话吧,对我说话吧,我爱,说话吧,我的新娘!"
但是你的话被石头关住了,呵,"不动的美!"

61

安静吧,我的心,让别离的时间甜柔吧。
让它不是个死亡,而是圆满。
让爱恋融入记忆,痛苦融入诗歌吧。
让穿越天空的飞翔在巢上敛翼中终止。
让你双手的最后的接触,像夜中的花朵一样温柔。
站住一会吧,呵,"美丽的结局",用沉默说出最后的话语吧。
我向你鞠躬,举起我的灯来照亮你的归途。

62

在梦境的朦胧小路上,我去寻找我前生的爱。
她的房子是在冷静的街尾。
在晚风中,她爱养的孔雀在架上昏睡,鸽子在自己的角落里沉默着。
她把灯放在门边,站在我面前。
她抬起一双大眼望着我的脸,无言地问道:"你好么,我的朋友?"
我想回答,但是我们的语言迷失而又忘却了。

我想来想去,怎么也想不起我们叫什么名字。
眼泪在她眼中闪光,她向我伸出右手。我握住她的手静默地站着。

我们的灯在晚风中颤摇着熄灭了。

63

行路人,你必须走么?
夜是静寂的,黑暗在树林上昏睡。
我们的凉台上灯火辉煌,繁花鲜美,青春的眼睛还清醒着。

你离开的时间到了么？

行路人，你必须走么？

我们不曾用恳求的手臂来抱住你的双足。

你的门开着。你的立在门外的马，也已上了鞍鞯。

如果我们想拦住你的去路，也只是用我们的歌曲。

如果我们曾想挽留你，也只用我们的眼睛。

行路人，我们没有希望留住你，我们只有眼泪。

在你眼里发光的是什么样的不灭之火？

在你血管中奔流的是什么样的不宁的热力？

从黑暗中有什么召唤在引动你？

你从天上的星星中，念到什么可怕的咒语，就是黑夜沉默而异样地走进你心中时带来的那个密封的秘密的消息？

如果你不喜欢那热闹的集会，如果你需要安静，困乏的心呵，我们就吹灭灯火，停止琴声。

我们将在风叶声中静坐在黑暗里，倦乏的月亮将在你窗上洒上苍白的光辉。

呵，行路上，是什么不眠的精灵从中夜的心中和你接触了呢？

64

我在大路灼热的尘土上消磨了一天。

现在，在晚凉中我敲着一座小庙的门。这庙已经荒废倒塌了。

一棵愁苦的菩提树，从破墙的裂缝里伸展出饥饿的爪根。

从前曾有过路人到这里来洗疲乏的脚。

他们在新月的微光中在院里摊开席子，坐着谈论异地的风光。

早起他们精神恢复了，鸟声使他们欢悦，友爱的花儿在道边向他们点首。

但是当我来的时候没有灯在等待我。
只有残留的灯烟熏的黑迹,像盲人的眼睛,从墙上瞪视着我。
萤虫在涸池边的草里闪烁,竹影在荒芜的小径上摇曳。
我在一天之末做了没有主人的客人。
在我面前的是漫漫的长夜,我疲倦了。

65

又是你呼唤我么?
夜来到了,困乏像爱的恳求用双臂围抱住我。
你叫我了么?

我已把整天的工夫给了你,残忍的主妇,你还定要掠夺我的夜晚么?
万事都有个终结,黑暗的静寂是个人独有的。
你的声音定要穿透黑暗来刺击我么?

难道你门前的夜晚没有音乐和睡眠么?
难道那翅翼不响的星辰,从来不攀登你的不仁之塔的上空么?
难道你园中的花朵,永不在绵软的死亡中堕地么?

你定要叫我么,你这不安静的人?
那就让爱的愁眼,徒然地因着盼望而流泪。
让灯盏在空屋里点着。
让渡船载那些困乏的工人回家。
我把梦想丢下,来奔赴你的召唤。

66

一个流浪的疯子在寻找点金石。他褐黄的头发乱蓬蓬地蒙着尘土,身体瘦得像个影子。他双唇紧闭,就像他的紧闭的心门。他的烧红的眼睛就像萤火虫的灯亮在寻找他的爱侣。

　　无边的海在他面前怒吼。
　　喧哗的波浪,在不停地谈论那隐藏的珠宝,嘲笑那不懂得它们的意思的愚人。
　　也许现在他不再有希望了,但是他不肯休息,因为寻求变成他的生命——
　　就像海洋永远向天伸臂要求不可得到的东西——
　　就像星辰绕着圈走,却要寻找一个永不能到达的目标——
　　在那寂寞的海边,那头发垢乱的疯子,也仍旧徘徊着寻找点金石。
　　有一天,一个村童走上来问:"告诉我,你腰上的那条金链是从哪里来的呢?"
　　疯子吓了一跳——那条本来是铁的链子真的变成金的了;这不是一场梦,但是他不知道是什么时候变成的。
　　他狂乱地敲着自己的前额——什么时候,呵,什么时候在他的不知不觉之中得到成功了呢?
　　拾起小石去碰碰那条链子,然后不看看变化与否,又把它扔掉,这已成了习惯;就是这样,这疯子找到了又失掉了那块点金石。

　　太阳西沉,天空灿金。
　　疯子沿着自己的脚印走回,去寻找他失去的珍宝。他气力尽消,身体弯曲,他的心像连根拔起的树一样,萎垂在尘土里了。

67

　　虽然夜晚缓步走来,让一切歌声停歇;
　　虽然你的伙伴都去休息而你也倦乏了;
　　虽然恐怖在黑暗中弥漫,天空的脸也被面纱遮起;
　　但是,鸟儿,我的鸟儿,听我的话,不要垂翅吧。

这不是林中树叶的阴影,这是大海涨溢,像一条深黑的龙蛇。
这不是盛开的茉莉花的跳舞,这是闪光的水沫。
呵,何处是阳光下的绿岸,何处是你的窝巢?
鸟儿,呵,我的鸟儿,听我的话,不要垂翅吧。

长夜躺在你的路边,黎明在朦胧的山后睡眠。
星辰屏息地数着时间,柔弱的月儿在夜中浮泛。
鸟儿,呵,我的鸟儿,听我的话,不要垂翅吧。

对于你,这里没有希望,没有恐怖。
这里没有消息,没有低语,没有呼唤。
这里没有家,没有休息的床。
这里只有你自己的一双翅翼和无路的天空。
鸟儿,呵,我的鸟儿,听我的话,不要垂翅吧。

68

没有人永远活着,兄弟,没有东西可以经久。把这紧记在心及时行乐吧。
我们的生命不是那个旧的负担,我们的道路不是那条长的旅程。
一个单独的诗人,不必去唱一支旧歌。
花儿萎谢;但是戴花的人不必永远悲伤。
弟兄,把这个紧记在心及时行乐吧。

必须有一段完全的停歇,好把"圆满"编进音乐。
生命向它的黄昏下落,为了沉浸于金影之中。
必须从游戏中把"爱"招回,去饮忧伤之酒,再去生于泪天。
弟兄,把这紧记在心及时行乐吧。

我们忙去采花,怕被过路的风偷走。
去夺取稍纵即逝的接吻,使我们血液奔流双目发光。
我们的生命是热切的,愿望是强烈的,因为时间在敲着离别之钟。
弟兄,把这紧记在心及时行乐吧。

我们没有时间去把握一件事物,揉碎它又把它丢在地上。
时间急速地走过,把梦幻藏在裙底。
我们的生命是短促的,只有几天恋爱的工夫。
若是为工作和劳役,生命就变得无尽的漫长。
弟兄,把这紧记在心及时行乐吧。

美对我们是甜柔的,因为她和我们生命的快速调子应节舞蹈。
知识对我们是宝贵的,因为我们永不会有时间去完成它。
一切都在永生的天上做完。但是大地的幻象的花朵,却被死亡保持得永远新鲜。
弟兄,把这紧记在心及时行乐吧。

69

我要追逐金鹿。
你也许会讪笑,我的朋友,但是我追求那逃避我的幻象。
我翻山越谷,我游遍许多无名的土地,因为我要追逐金鹿。
你到市场采买,满载着回家,但不知从何时何地一阵无家之风吹到我身上。
我心中无牵无挂;我把一切所有都撇在后面。
我翻山越谷,我游遍许多无名的土地——因为我在追逐金鹿。

70

我记得在童年时代,有一天我在水沟里漂一只纸船。

那是七月的一个阴湿的天,我独自快乐地嬉戏。

我在沟里漂一只纸船。

忽然间阴云密布,狂风怒号,大雨倾注。

浑水像小河般流溢,把我的船冲没了。

我心里难过地想:这风暴是故意来破坏我的快乐的,它的一切恶意都是对着我的。

今天,七月的阴天是漫长的,我在默忆我生命中以我为失败者的一切游戏。

我抱怨命运,因为它屡次戏弄了我,当我忽然忆起我的沉在沟里的纸船的时候。

71

白日未尽,河岸上的市集未散。

我只恐我的时间浪掷了,我的最后一文钱也丢掉了。

但是,没有,我的兄弟,我还有些剩余。命运并没有把我的一切都骗走。

买卖做完了。

两边的手续费都收过了,该是我回家的时候了。

但是,看门的,你要你的辛苦钱么?

别怕,我还有点剩余。命运并没有把我的一切都骗走。

风声宣布着风暴的威胁,西方低垂的云影预报着恶兆。

静默的河水在等候着狂风。

我怕被黑夜赶上,急忙过河。

呵,船夫,你要收费!

是的,兄弟,我还有些剩余。命运并没有把我的一切都骗走。

路边树下坐着一个乞丐。可怜呵,他含着羞怯的希望看着我的脸!
他以为我富足地携带着一天的利润。
是的,兄弟,我还有点剩余。命运并没有把我的一切都骗走。

夜色愈深,路上静寂。萤火在草间闪烁。
谁以悄悄的蹑步在跟着我?
呵,我知道,你想掠夺我的一切获得。我必不使你失望!
因为我还有些剩余。命运并没有把我的一切都骗走。

夜半到家。我两手空空。
你带着切望的眼睛,在门前等我,无眠而静默。
像一只羞怯的鸟,你满怀热爱地飞到我胸前。
哎,哎,我的神,我还有许多剩余。命运并没有把我的一切都骗走。

72

用了几天的苦工,我盖起一座庙宇。这庙里没有门窗,墙壁是用层石厚厚地垒起的。

我忘掉一切,我躲避大千世界,我神注目夺地凝视着我安放在龛里的偶像。

里面永远是黑夜,以香油的灯盏来照明。

不断的香烟,把我的心缭绕在沉重的螺旋里。

我彻夜不眠,用扭曲混乱的线条在墙上刻画出一些奇异的图形——生翼的马,人面的花。四肢像蛇的女人。

我不在任何地方留下一线之路,使鸟的歌声,叶的细语,或村镇的喧嚣得以进入。

在沉黑的仰顶上,唯一的声音是我礼赞的回响。

我的心思变得强烈而镇定,像一个尖尖的火焰。我的感官在狂欢中昏晕。

我不知时间如何度过,直到巨雷震劈了这座庙宇,一阵剧痛刺穿我的心。

灯火显得苍白而羞愧;墙上的刻画像是被锁住的梦,无意义地瞪视着,仿佛要躲藏起来。

我看着龛上的偶像,我看见它微笑了,和神的活生生的接触,它活了起来。被我囚禁的黑夜,展起翅来飞逝了。

73

无量的财富不是你的,我的耐心的微黑的尘土母亲。
你操劳着来填满你孩子们的嘴,但是粮食是很少的。
你给我们的欢乐礼物,永远不是完全的。
你给你孩子们做的玩具,是不牢的。
你不能满足我们的一切渴望,但是我能为此就背弃你么?
你的含着痛苦阴影的微笑,对我的眼睛是甜柔的。
你的永不满足的爱,对我的心是亲切的。
从你的胸乳里,你是以生命而不是以不朽来哺育我们,因此你的眼睛永远是警醒的。
你累年积代地用颜色和诗歌来工作,但是你的天堂还没有盖起,仅有天堂的愁苦的意味。
你的美的创造上蒙着泪雾。
我将把我的诗歌倾注入你无言的心里,把我的爱倾注入你的爱中。
我将用劳动来礼拜你。
我看见过你的温慈的面庞,我爱你的悲哀的尘土,大地母亲。

74

在世界的谒见堂里,一根朴素的草叶,和阳光与夜半的星辰坐在同一条毡褥上。
我的诗歌,也这样地和云彩与森林的音乐,在世界的心中平分席次。

但是,你这富有的人,你的财富,在太阳的喜悦的金光和沉思的月亮的柔光这种单纯的光彩里,却占不了一份。

包罗万象的天空的祝福,没有洒在它的上面。

等到死亡出现的时候,它就苍白枯萎,碎成尘土了。

75

夜半,那个自称的苦行人宣告说:

"弃家求神的时候到了。呵,谁把我牵住在妄想里这么久呢?"

神低声说:"是我。"但是这个人的耳朵是塞住的。

他的妻子和吃奶的孩子一同躺着,安静地睡在床的那边。

这个人说:"什么人把我骗了这么久呢?"

声音又说:"是神。"但是他听不见。

婴儿在梦中哭了,挨向他的母亲。

神命令说:"别走,傻子,不要离开你的家。"但是他还是听不见。

神叹息又委屈地说:"为什么我的仆人要把我丢下,而到处去找我呢?"

76

庙前的集会正在进行。从一早起就下雨,这一天快过尽了。

比一切群众的欢乐还光辉的,是一个花一文钱买到一个棕叶哨子的小女孩的光辉的微笑。

哨子的尖脆欢乐的声音,在一切笑语喧哗之上飘浮。

无尽的人流挤在一起,路上泥泞,河水在涨,雨在不停地下着,田地都没在水里。

比一切群众的烦恼更深的,是一个小男孩的烦恼——他连买那根带颜色的小棍的一文钱都没有。

他苦闷的眼睛望着那间小店,使得这整个人类的集会变成可悲悯的。

77

西乡来的工人和他的妻子正忙着替砖窑挖土。

他们的小女儿到河边的渡头上;她无休无息地擦洗锅盘。

她的小弟弟,光着头,赤裸着黧黑的涂满泥土的身躯,跟着她,听她的话,在高高的河岸上耐心地等着她。

她顶着满瓶的水,平稳地走回家去,左手提着发亮的铜壶,右手拉着那个孩子——她是妈妈的小丫头,繁重的家务使她变得严肃了。

有一天我看见那赤裸的孩子伸着腿坐着,

他姐姐坐在水里,用一把土在转来转去地擦洗一把水壶。

一只毛茸茸的小羊,在河岸上吃草。

它走近这孩子身边,忽然大叫了一声,孩子吓得哭喊起来。

他姐姐放下水壶跑上岸来。

她一只手抱起弟弟,一只手抱起小羊,把她的爱抚分成两半,人类和动物的后代在慈爱的联结中合一了。

78

在五月天里,闷热的正午仿佛无尽地悠长。干地在灼热中渴得张着口。

当我听到河边有个声音叫道:"来吧,我的宝贝!"

我合上书开窗外视。

我看见一只皮毛上尽是泥土的大水牛,眼光沉着地站在河边;一个小伙子站在没膝的水里,在叫它去洗澡。

我高兴而微笑了,我心里感到一阵甜柔的接触。

79

我常常思索,人和动物之间没有语言,他们心中互相认识的界线在哪里。

在远古创世的清晨,通过哪一条太初乐园的单纯的小径,他们的心曾彼此访问过。

他们的亲属关系早被忘却,他们不变的足印的符号并没有消灭。

可是忽然在些无言的音乐中,那模糊的记忆清醒起来,动物用温柔的信任注视着人的脸,人也用嬉笑的感情下望着它的眼睛。

好像两个朋友戴着面具相逢,在伪装下彼此模糊地互认着。

80

用一转的秋波,你能从诗人的琴弦上夺去一切诗歌的财富,美妙的女人!

但是你不愿听他们的赞扬,因此我来颂赞你。

你能使世界上最骄傲的头在你脚前俯伏。

但是你愿意崇拜的是你所爱的没有名望的人们,因此我崇拜你。

你的完美的双臂的接触,能在帝王荣光上加上光荣。

但你却用你的手臂去扫除尘土,使你微贱的家庭整洁,因此我心中充满了钦敬。

81

你为什么这样低声地对我耳语,呵,"死亡",我的"死亡"?

当花儿晚谢,牛儿归棚,你偷偷地走到我身边,说出我不了解的话语。

难道你必须用昏沉的微语和冰冷的接吻来向我求爱,来赢得我心么,呵,"死亡",我的"死亡"?

我们的婚礼不会有铺张的仪式么?

在你褐黄的卷发上不系上花串么?

在你前面没有举旗的人么?你也没有通红的火炬,使黑夜像着火一样的明亮么,呵,"死亡",我的"死亡"?

你吹着法螺来吧,在无眠之夜来吧。

给我穿上红衣,紧握我的手把我娶走吧。

让你的驾着急躁嘶叫的马的车辇,准备好等在我门前吧。

揭开我的面纱骄傲地看我的脸吧,呵,"死亡",我的"死亡"。

82

我们今夜要做"死亡"的游戏,我的新娘和我。

夜是深黑的,空中的云霾是翻腾的,波涛在海里咆哮。

我们离开梦的床榻,推门出去,我的新娘和我。

我们坐在秋千上,狂风从后面猛烈地推送我们。

我的新娘吓得又惊又喜,她颤抖着紧靠在我的胸前。

许多日子我温存伏侍她。

我替她铺一个花床,我关上门不让强烈的光射在她眼上。

我轻轻地吻她的嘴唇,软软地在她耳边低语,直到她困倦得半入昏睡。

她消失在模糊的无边甜柔的云雾之中。

我摩抚她,她没有反应;我的歌唱也不能把她唤醒。

今夜,风暴的召唤从旷野来到。

我的新娘颤抖着站起,她牵着我的手走了出来。

她的头发在风中飞扬,她的面纱飘动,她的花环在胸前窸窸作响。

死亡的推送把她摇晃活了。

我们面面相看,心心相印,我的新娘和我。

83

她住在玉米地边的山畔,靠近那股嬉笑着流经古树的庄严的阴影的清泉。女人们提罐到这里装水,过客们在这里谈话休息。她每天随着潺潺的泉韵工作幻想。

有一天,一个陌生人从云中的山上下来;他的头发像醉蛇一样的纷乱。

我们惊奇地问:"你是谁?"他不回答,只坐在喧闹的水边,沉默地望着她的茅屋。我们吓得心跳。到了夜里,我们都回家去了。

第二天早晨,女人们到杉树下的泉边取水,她们发现她茅屋的门开着,但是,她的声音没有了,她微笑的脸哪里去了呢?

空罐立在地上,她屋角的灯,油尽火灭了。没有人晓得在黎明以前她跑到哪里去了——那个陌生人也不见了。

到了五月,阳光渐强,冰雪化尽,我们坐在泉边哭泣。我们心里想:"她去的地方有泉水么,在这炎热焦渴的天气中,她能到哪里去取水呢?"我们惶恐地对问:"在我们住的山外还有地方么?"

夏天的夜里,微风从南方吹来;我坐在她的空屋里,没有点上的灯仍在那里立着。忽然间那座山峰,像帘幕拉开一样从我眼前消失了。"呵,那是她来了。你好么,我的孩子?你快乐么?在无遮的天空下,你有个荫凉的地方么?可怜呵,我们的泉水不在这里供你解渴。"

"那边还是那个天空,"她说,"只是不受屏山的遮隔,——也还是那股流泉长成江河,——也还是那片土地伸广变成平原。""一切都有了,"我叹息说,"只有我们不在。"她含愁地笑着说:"你们是在我的心里。"我醒起听见泉流潺潺,杉树的叶子在夜中沙沙地响着。

84

黄绿的稻田上掠过秋云的阴影,后面是狂追的太阳。

蜜蜂被光明所陶醉,忘了吸蜜,只痴呆地飞翔嗡唱。

河里岛上的鸭群,无缘无故地欢乐地吵闹。

我们都不回家吧,兄弟们,今天早晨我们都不去工作。

让我们以狂风暴雨之势占领青天,让我们飞奔着抢夺空间吧。

笑声飘浮在空气上,像洪水上的泡沫。

弟兄们,让我们把清晨浪费在无用的歌曲上面吧。

85

你是什么人,读者,百年后读着我的诗?

我不能从春天的财富里送你一朵花,天边的云彩里送你一片金影。

开起门来四望吧。

从你的群花盛开的园子里,采取百年前消逝了的花儿的芬芳记忆。

在你心的欢乐里,愿你感到一个春晨吟唱的活的欢乐,把它快乐的声音,传过一百年的时间。

冰心　译

新月集

家　庭

我独自在横跨过田地的路上走着，夕阳像一个守财奴似的，正藏起它的最后的金子。

白昼更加深沉地没入黑暗之中，那已经收割了的孤寂的田地，默默地躺在那里。

天空里突然升起了一个男孩子的尖锐的歌声。他穿过看不见的黑暗，留下他的歌声的辙痕跨过黄昏的静谧。

他的乡村的家坐落在荒凉的边上，在甘蔗田的后面，躲藏在香蕉树，瘦长的槟榔树，椰子树和深绿色的贾克果树的阴影里。

我在星光下独自走着的路上停留了一会，我看见黑沉沉的大地展开在我的面前，用她的手臂拥抱着无量数的家庭，在那些家庭里有着摇篮和床铺，母亲们的心和夜晚的灯，还有年轻轻的生命，他们满心欢乐，却浑然不知这样的欢乐对于世界的价值。

孩童之道

只要孩子愿意，他此刻便可飞上天去。

他所以不离开我们，并不是没有缘故。

他爱把他的头倚在妈妈的胸间,他即使是一刻不见她,也是不行的。
孩子知道各式各样的聪明话,虽然世间的人很少懂得这些话的意义。
他所以永不想说,并不是没有缘故。
他所要做的一件事,就是要学习从妈妈的嘴唇里说出来的话。那就是他所以看来这样天真的缘故。

孩子有成堆的黄金与珠子,但他到这个世界上来,却像一个乞丐。
他所以这样假装了来,并不是没有缘故。
这个可爱的小小的裸着身体的乞丐,所以假装着完全无助的样子,便是想要乞求妈妈的爱的财富。

孩子在纤小的新月的世界里,是一切束缚都没有的。
他所以放弃了他的自由,并不是没有缘故。
他知道有无穷的快乐藏在妈妈的心的小小一隅里,被妈妈亲爱的手臂所拥抱,其甜美远胜过自由。

孩子永不知道如何哭泣。他所住的是完全的乐土。
他所以要流泪,并不是没有缘故。
虽然他用了可爱的脸儿上的微笑,引逗得他妈妈的热切的心向着他,然而他的因为细故而发的小小的哭声,却编成了怜与爱的双重约束的带子。

不被注意的花饰

啊,谁给那件小外衫染上颜色的,我的孩子,谁使你的温软的肢体穿上那件红的小外衫的?
你在早晨就跑出来到天井里玩儿,你,跑着就像摇摇欲跌似的。
但是谁给那件小外衫染上颜色的,我的孩子?

什么事叫你大笑起来的,我的小小的命芽儿?

妈妈站在门边,微笑地望着你。

她拍着她的双手,她的手镯丁当地响着,你手里拿着你的竹竿儿在跳舞,活像一个小小的牧童。

但是什么事叫你大笑起来的,我的小小的命芽儿?

喔,乞丐,你双手攀搂住妈妈的头颈,要乞讨些什么?

喔,贪得无厌的心,要我把整个世界从天上摘下来,像摘一个果子似的,把它放在你的一双小小的玫瑰色的手掌上么?

喔,乞丐,你要乞讨些什么?

风高兴地带走了你踝铃的丁当。

太阳微笑着,望着你的打扮。

当你睡在你妈妈的臂弯里时,天空在上面望着你,而早晨蹑手蹑脚地走到你的床跟前,吻着你的双眼。

风高兴地带走了你踝铃的丁当。

仙乡里的梦婆飞过朦胧的天空,向你飞来。

在你妈妈的心头上,那世界母亲,正和你坐在一块儿。

他,向星星奏乐的人,正拿着他的横笛,站在你的窗边。

仙乡里的梦婆飞过朦胧的天空,向你飞来。

偷睡眠者

谁从孩子的眼里把睡眠偷了去呢?我一定要知道。

妈妈把她的水罐挟在腰间,走到近村汲水去了。

这是正午的时候,孩子们游戏的时间已经过去了;池中的鸭子沉默无声。

牧童躺在榕树的荫下睡着了。

白鹤庄重而安静地立在檬果树边的泥泽里。

就在这个时候,偷睡眠者跑来从孩子的两眼里捉住睡眠,便飞去了。

当妈妈回来时,她看见孩子四肢着地地在屋里爬着。

谁从孩子的眼里把睡眠偷了去呢?我一定要知道。我一定要找到她,把她锁起来。

我一定要向那个黑洞里张望,在这个洞里,有一道小泉从圆的和有皱纹的石上滴下来。

我一定要到醉花①林中的沉寂的树影里搜寻,在这林中,鸽子在它们住的地方咕咕地叫着,仙女的脚环在繁星满天的静夜里丁当地响着。

我要在黄昏时,向静静的萧萧的竹林里窥望,在这林中,萤火虫闪闪地耗费它们的光明,只要遇见一个人,我便要问他:"谁能告诉我偷睡眠者住在什么地方?"

谁从孩子的眼里把睡眠偷了去呢?我一定要知道。
只要我能捉住她,怕不会给她一顿好教训!
我要闯入她的巢穴,看她把所有偷来的睡眠藏在什么地方。

---

① 醉花(bakula),学名 Mimusops Elengi。印度传说美女口中吐出香液,此花始开。

我要把它都夺来,带回家去。

我要把她的双翼缚得紧紧的,把她放在河边,然后叫她拿一根芦苇在灯心草和睡莲间钓鱼为戏。

黄昏,街上已经收了市,村里的孩子们都坐在妈妈的膝上时,夜鸟便会讥笑地在她耳边说:

"你现在还想偷谁的睡眠呢?"

开　始

"我是从哪儿来的,你,在哪儿把我捡起来的?"孩子问他的妈妈说。

她把孩子紧紧地搂在胸前,半哭半笑地答道——

"你曾被我当作心愿藏在我的心里,我的宝贝。

"你曾存在于我孩童时代玩的泥娃娃身上;每天早晨我用泥土塑造我的神像,那时我反覆地塑了又捏碎了的就是你。

"你曾和我们的家庭守护神一同受到祀奉,我崇拜家神时也就崇拜了你。

"你曾活在我所有的希望和爱情里,活在我的生命里,我母亲的生命里。

"在主宰着我们家庭的不死的精灵的膝上,你已经被抚育了好多代了。

"当我做女孩子的时候,我的心的花瓣儿张开,你就像一股花香似地散发出来。

"你的软软的温柔,在我青春的肢体上开花了,像太阳出来之前的天空上的一片曙光。

"上天的第一宠儿,晨曦的孪生兄弟,你从世界的生命的溪流浮泛而下,终于停泊在我的心头。

"当我凝视你的脸蛋儿的时候,神秘之感淹没了我;你这属于一切人的,竟成了我的。

"为了怕失掉你,我把你紧紧地搂在胸前。是什么魔术把这世界的宝贝引到我这双纤小的手臂里来呢?"

孩子的世界

我愿我能在我孩子自己的世界的中心,占一角清净地。

我知道有星星同他说话,天空也在他面前垂下,用它傻傻的云朵和彩虹来娱悦他。

那些大家以为他是哑巴的人,那些看去像是永不会走动的人,都带了他们的故事,捧了满装着五颜六色的玩具的盘子,匍匐地来到他的窗前。

我愿我能在横过孩子心中的道路上游行,解脱了一切的束缚;

在那儿,使者奉了无所谓的使命奔走于无史的诸王的王国间;

在那儿,理智以她的法律造为纸鸢而飞放,真理也使事实从桎梏中自由了。

责 备

为什么你眼里有了眼泪,我的孩子?

他们真是可怕,常常无谓地责备你!

你写字时墨水玷污了你的手和脸——这就是他们所以骂你龌龊的缘故么?

呵,呸!他们也敢因为圆圆的月儿用墨水涂了脸,便骂它龌龊么?

他们总要为了每一件小事去责备你,我的孩子。他们总是无谓地寻人错处。

你游戏时扯破了你的衣服——这就是他们所以说你不整洁的缘故么?

呵,呸!秋之晨从它的破碎的云衣中露出微笑,那末,他们要叫它什么呢?

他们对你说什么话,尽管可以不去理睬他,我的孩子。

他们把你做错的事长长地记了一笔账。

谁都知道你是十分喜欢糖果的——这就是他们所以称你做贪婪的缘故么?

呵,呸! 我们是喜欢你的,那末,他们要叫我们什么呢?

审判官

你想说他什么尽管说罢,但是我知道我孩子的短处。

我爱他并不因为他好,只是因为他是我的小小的孩子。

你如果把他的好处与坏处两两相权一下,恐怕你就会知道他是如何的可爱罢?

当我必须责罚他的时候,他更成为我的生命的一部分了。

当我使他眼泪流出时,我的心也和他同哭了。

只有我才有权去骂他,去责罚他,因为只有热爱人的才可以惩戒人。

玩 具

孩子,你真是快活呀,一早晨坐在泥土里,耍着折下来的小树枝儿。

我微笑地看你在那里耍着那根折下来的小树枝儿。

我正忙着算账,一小时一小时在那里加叠数字。

也许你在看我,想道:"这种好没趣的游戏,竟把你的一早晨的好时间浪费掉了!"

孩子,我忘了聚精会神玩耍树枝与泥饼的方法了。

我寻求贵重的玩具,收集金块与银块。

你呢,无论找到什么便去做你的快乐的游戏,我呢,却把我的时间与力气都浪费在那些我永不能得到的东西上。

我在我的脆薄的独木船里挣扎着要航过欲望之海,竟忘了我也是在那里做游戏了。

天文家

我不过说:"当傍晚圆圆的满月挂在昙花的枝头时,有人能去捉住它么?"

哥哥却对我笑道:"孩子呀,你真是我所见到的顶顶傻的孩子。月亮离我们这样远,谁能去捉住它呢?"

我说:"哥哥,你真傻!当妈妈向窗外探望,微笑着往下看我们游戏时,你也能说她远么?"

哥哥还是说:"你这个傻孩子!但是,孩子,你到哪里去找一个大得能逮住月亮的网呢?"

我说:"你自然可以用双手去捉住它呀。"

但是哥哥还是笑着说:"你真是我所见到的顶顶傻的孩子!如果月亮走近了,你便知道它是多么大了。"

我说:"哥哥,你们学校里所教的,真是没有用呀!当妈妈低下脸儿跟我们亲嘴时,她的脸看来也是很大的么?"

但是哥哥还是说:"你真是一个傻孩子。"

云与波

妈妈,住在云端的人对我唤道——

"我们从醒的时候游戏到白日终止。"

"我们与黄金色的曙光游戏,我们与银白色的月亮游戏。"

我问道:"但是,我怎么能够上你那里去呢?"

他们答道:"你到地球的边上来,举手向天,就可以被接到云端里来了。"

"我妈妈在家里等我呢,"我说,"我怎么能离开她而来呢?"

于是他们微笑着浮游而去。

但是我知道一件比这个更好的游戏,妈妈。

我做云,你做月亮。

我用两只手遮盖你,我们的屋顶就是青碧的天空。

住在波浪上的人对我唤道——

"我们从早晨唱歌到晚上;我们前进又前进地旅行,也不知我们所经过的是什么地方。"

我问道:"但是,我怎么能加入你们队伍里去呢?"

他们告诉我说:"来到岸旁,站在那里,紧闭你的两眼,你就被带到波浪上来了。"

我说:"傍晚的时候,我妈妈常要我在家里——我怎么能离开她而去呢!"

于是他们微笑着,跳舞着奔流过去。

但是我知道一件比这个更好的游戏。

我是波浪,你是陌生的岸。

我奔流而进,进,进,笑哈哈地撞碎在你的膝上。

世界上就没有一个人会知道我们俩在什么地方。

金色花

假如我变成了一朵金色花①,只是为了好玩,长在那棵树的高枝上,笑哈哈地在风中摇摆,又在新生的树叶上跳舞,妈妈,你会认识我么?

你要是叫道:"孩子,你在哪里呀?"我暗暗地在那里匿笑,却一声儿不响。

我要悄悄地开放花瓣儿,看着你工作。

当你沐浴后,湿发披在两肩,穿过金色花的林荫,走到你做祷告的小庭院时,你会嗅到这花的香气,却不知道这香气是从我身上来的。

当你吃过中饭,坐在窗前读《罗摩衍那》,那棵树的阴影落在你的头发

---

① 金色花,原名 champa,亦作 Champak,学名 Michelia Champaca,印度圣树,木兰花属植物,开金黄色碎花,译名亦作"瞻波伽"或"占博迦"。

与膝上时,我便要投我的小小的影子在你的书页上,正投在你所读的地方。

但是你会猜得出这就是你的小孩子的小影子么?

当你黄昏时拿了灯到牛棚里去,我便要突然地再落到地上来,又成了你的孩子,求你讲个故事给我听。

"你到哪里去了,你这坏孩子?"

"我不告诉你,妈妈。"这就是你同我那时所要说的话了。

仙人世界

如果人们知道了我的国王的宫殿在哪里,它就会消失在空气中的。

墙壁是白色的银,屋顶是耀眼的黄金。

皇后住在有七个庭院的宫苑里;她戴的一串珠宝,值得整整七个王国的全部财富。

不过,让我悄悄地告诉你,妈妈,我的国王的宫殿究竟在哪里。

它就在我们阳台的角上,在那栽着杜尔茜花的花盆放着的地方。

公主躺在远远的隔着七个不可逾越的重洋的那一岸沉睡着。

除了我自己,世界上便没有人能够找到她。

她臂上有镯子,她耳上挂着珍珠;她的头发拖到地板上。

当我用我的魔杖点触她的时候,她就会醒过来,而当她微笑时,珠玉将会从她唇边落下来。

不过,让我在你的耳朵边悄悄地告诉你,妈妈;她就住在我们阳台的角上,在那栽着杜尔茜花的花盆放着的地方。

当你要到河里洗澡的时候,你走上屋顶的那座阳台来罢。

我就坐在墙的阴影所聚会的一个角落里。

我只让小猫儿跟我在一起,因为它知道那故事里的理发匠住的地方。

不过,让我在你的耳朵边悄悄地告诉你,那故事里的理发匠到底住在哪里。

他住的地方,就在阳台的角上,在那栽着杜尔茜花的花盆放着的地方。

流放的地方

妈妈,天空上的光成了灰色了;我不知道是什么时候了。

我玩得怪没劲儿的,所以到你这里来了。这是星期六,是我们的休息日。

放下你的活计,妈妈;坐在靠窗的一边,告诉我童话里的特潘塔沙漠在什么地方?

雨的影子遮掩了整个白天。

凶猛的电光用它的爪子抓着天空。

当乌云在轰轰地响着,天打着雷的时候,我总爱心里带着恐惧爬伏到你的身上。

当大雨倾泻在竹叶子上好几个钟头,而我们的窗户为狂风震得格格发响的时候,我就爱独自和你坐在屋里,妈妈,听你讲童话里的特潘塔沙漠的故事。

它在哪里,妈妈,在哪一个海洋的岸上,在哪些个山峰的脚下,在哪一个国王的国土里?

田地上没有此疆彼壤的界石,也没有村人在黄昏时走回家的,或妇人在树林里捡拾枯枝而捆载到市场上去的道路。沙地上只有一小块一小块的黄色草地,只有一株树,就是那一对聪明的老鸟儿在那里做窝的,那个地方就是特潘塔沙漠。

我能够想象得到,就在这样一个乌云密布的日子,国王的年轻的儿子,怎样地独自骑着一匹灰色马,走过这个沙漠,去寻找那被囚禁在不可知的重洋之外的巨人宫里的公主。

当雨雾在遥远的天空下降,电光像一阵突然发作的痛楚的痉挛似地闪射的时候,他可记得他的不幸的母亲,为国王所弃,正在扫除牛棚,眼里流着眼泪,当他骑马走过童话里的特潘塔沙漠的时候?

看,妈妈,一天还没有完,天色就差不多黑了,那边村庄的路上没有什么旅客了。

牧童早就从牧场上回家了,人们都已从田地里回来,坐在他们草屋的檐下的草席上,眼望着阴沉的云块。

妈妈,我把我所有的书本都放在书架上了——不要叫我现在做功课。当我长大了,大得像爸爸一样的时候,我将会学到必须学的东西的。但是,今天你可得告诉我,妈妈,童话里的特潘塔沙漠在什么地方?

雨　天

乌云很快地集拢在森林的黝黑的边缘上。

孩子,不要出去呀!

湖边的一行棕树,向暝暗的天空撞着头;羽毛零乱的乌鸦,静悄悄地栖在罗望子的枝上,河的东岸正被乌沉沉的暝色所侵袭。

我们的牛系在篱上,高声鸣叫。

孩子,在这里等着,等我先把牛牵进牛棚里去。

许多人都挤在池水泛溢的田间,捉那从泛溢的池中逃出来的鱼儿;雨水成了小河,流过狭街,好像一个嬉笑的孩子从他妈妈那里跑开,故意要恼她一样。

听呀,有人在浅滩上喊船夫呢。

孩子,天色暝暗了,渡头的摆渡船已经停了。

天空好像是在滂沱的雨上快跑着;河里的水喧叫而且暴躁;妇人们早已拿着汲满了水的水罐,从恒河畔匆匆地回家了。

夜里用的灯,一定要预备好。

孩子,不要出去呀!

到市场去的大道已没有人走,到河边去的小路又很滑。风在竹林里咆哮着,挣扎着,好像一只落在网中的野兽。

纸　船

我每天把纸船一个个放在急流的溪中。

我用大黑字写我的名字和我住的村名在纸船上。

我希望住在异地的人会得到这纸船,知道我是谁。

我把园中长的秀利花载在我的小船上,希望这些黎明开的花能在夜里被平平安安地带到岸上。

我投我的纸船到水里,仰望天空,看见小朵的云正张着满鼓着风的白帆。

我不知道天上有我的什么游伴把这些船放下来同我的船比赛!

夜来了,我的脸埋在手臂里,梦见我的纸船在子夜的星光下缓缓地浮泛前去。

睡仙坐在船里,带着满载着梦的篮子。

水　手

船夫曼特胡的船只停泊在拉琪根琪码头。

这只船无用地装载着黄麻,无所事事地停泊在那里已经好久了。

只要他肯把他的船借给我,我就给它安装一百只桨,扬起五个或六个或七个布帆来。

我决不把它驾驶到愚蠢的市场上去。

我将航行遍仙人世界里的七个大海和十三条河道。

但是,妈妈,你不要躲在角落里为我哭泣。

我不会像罗摩犍陀罗[①]似的,到森林中去,一去十四年才回来。

我将成为故事中的王子,把我的船装满了我所喜欢的东西。

[①] 罗摩犍陀罗即罗摩。他是印度叙事诗《罗摩衍那》中的主角。为了尊重父亲的诺言和维持弟兄间的友爱,他抛弃了继承王位的权利,和妻子悉多在森林中被放逐了十四年。

我将带我的朋友阿细和我作伴。我们要快快乐乐地航行于仙人世界里的七个大海和十三条河道。

我将在绝早的晨光里张帆航行。

中午,你正在池塘里洗澡的时候,我们将在一个陌生的国王的国土上了。

我们将经过特浦尼浅滩,把特潘塔沙漠抛落在我们的后边。

当我们回来的时候,天色快黑了,我将告诉你我们所见到的一切。

我将越过仙人世界里的七个大海和十三条河道。

对　岸

我渴想到河的对岸去,

在那边,好些船只一行儿系在竹竿上;

人们在早晨乘船渡过那边去,肩上扛着犁头,去耕耘他们的远处的田;

在那边,牧人使他们鸣叫着的牛游泳到河旁的牧场去;

黄昏的时候,他们都回家了,只留下豺狼在这满长着野草的岛上哀叫。

妈妈,如果你不在意,我长大的时候,要做这渡船的船夫。

据说有好些古怪的池塘藏在这个高岸之后,

雨过去了,一群一群的野鹜飞到那里去,茂盛的芦苇在岸边四围生长,水鸟在那里生蛋;

竹鸡带着跳舞的尾巴,将它们细小的足印印在洁净的软泥上;

黄昏的时候,长草顶着白花,邀月光在长草的波浪上浮游。

妈妈,如果你不在意,我长大的时候,要做这渡船的船夫。

我要自此岸至彼岸,渡过来,渡过去,所有村中正在那儿沐浴的男孩女孩,都要诧异地望着我。

太阳升到中天,早晨变为正午了,我将跑到你那里去,说道:"妈妈,我饿了!"

一天完了,影子俯伏在树底下,我便要在黄昏中回家来。

我将永不同爸爸那样,离开你到城里去做事。

妈妈,如果你不在意,我长大的时候,要做这渡船的船夫。

花的学校

当雷云在天上轰响,六月的阵雨落下的时候,
润湿的东风走过荒野,在竹林中吹着口笛。
于是一群一群的花从无人知道的地方突然跑出来,在绿草上狂欢地跳着舞。

妈妈,我真的觉得那群花朵是在地下的学校里上学。
他们关了门做功课,如果他们想在散学以前出来游戏,他们的老师是要罚他们站壁角的。

雨一来,他们便放假了。
树枝在林中互相碰触着,绿叶在狂风里萧萧地响着,雷云拍着大手,花孩子们便在那时候穿了紫的、黄的、白的衣裳,冲了出来。
你可知道,妈妈,他们的家是在天上,在星星所住的地方。
你没有看见他们怎样地急着要到那儿去么?你不知道他们为什么那样急急忙忙么?
我自然能够猜得出他们是对谁扬起双臂来:他们也有他们的妈妈,就像我有我自己的妈妈一样。

商　人

妈妈,让我们想象,你待在家里,我到异邦去旅行。
再想象,我的船已经装得满满地在码头上等候启碇了。
现在,妈妈,好生想一想再告诉我,回来的时候我要带些什么给你。

妈妈,你要一堆一堆的黄金么?

在金河的两岸,田野里全是金色的稻实。

在林荫的路上,金色花也一朵一朵地落在地上。

我要为你把它们全都收拾起来,放在好几百个篮子里。

妈妈,你要秋天的雨点一般大的珍珠么?

我要渡海到珍珠岛的岸上去。

那个地方,在清晨的曙光里,珠子在草地的野花上颤动,珠子落在绿草上,珠子被汹狂的海浪一大把一大把地撒在沙滩上。

我的哥哥呢,我要送他一对有翼的马,会在云端飞翔的。爸爸呢,我要带一支有魔力的笔给他,他还没有觉得,笔就写出字来了。

你呢,妈妈,我一定要把那个值七个王国的首饰箱和珠宝送给你。

同 情

如果我只是一只小狗,而不是你的小孩,亲爱的妈妈,当我想吃你的盘里的东西时,你要向我说"不"么?

你要赶开我,对我说道:"滚开,你这淘气的小狗"么?

那末,走罢,妈妈,走罢!当你叫唤我的时候,我就永不到你那里去,也永不要你再喂我吃东西了。

如果我只是一只绿色的小鹦鹉,而不是你的小孩,亲爱的妈妈,你要把我紧紧地锁住,怕我飞走么?

你要对我摇你的手,说道:"怎样的一个不知感恩的贱鸟呀!整夜地尽在咬它的链子"么?

那末,走罢,妈妈,走罢!我要跑到树林里去;我就永不再让你抱我在你的臂里了。

职 业

早晨,钟敲十下的时候,我沿着我们的小巷到学校去,每天我都遇见那个小贩,他叫道:"镯子呀,亮晶晶的镯子!"

他没有什么事情急着要做,他没有哪条街一定要走,他没有什么地方一定要去,他没有什么时间一定要回家。

我愿意我是一个小贩,在街上过日子,叫着:"镯子呀,亮晶晶的镯子!"

下午四点,我从学校里回家。

从一家门口,我看得见一个园丁在那里掘地。

他用他的锄子,要怎么掘,便怎么掘,他被尘土污了衣裳,如果他被太阳晒黑了或是身上被打湿了,都没有人骂他。

我愿意我是一个园丁,在花园里掘地。谁也不来阻止我。

天色刚黑,妈妈就送我上床,

从开着的窗口,我看得见更夫走来走去。

小巷又黑又冷清,路灯立在那里,像一个头上生着一只红眼睛的巨人。

更夫摇着他的提灯,跟他身边的影子一起走着,他一生一次都没有上床去过。

我愿意我是一个更夫,整夜在街上走,提了灯去追逐影子。

长　者

妈妈,你的孩子真傻!她是那末可笑地不懂得事!

她不知道路灯和星星的分别。

当我们玩着把小石子当食物的游戏时,她便以为它们真是吃的东西,竟想放进嘴里去。

当我翻开一本书,放在她面前,在她读 a,b,c 时,她却用手把书页撕了,无端快活地叫起来;你的孩子就是这样做功课的。

当我生气地对她摇头,骂她,说她顽皮时,她却哈哈大笑,以为很有趣。

谁都知道爸爸不在家,但是,如果我在游戏时高声叫一声"爸爸",她便要高兴地四面张望,以为爸爸真是近在身边。

当我把洗衣人带来载衣服回去的驴子当作学生,并且警告她说,我是老师,她却无缘无故地乱叫起我哥哥来。

你的孩子要捉月亮。

她是这样的可笑;她把格尼许①唤作琪奴许。

妈妈,你的孩子真傻,她是那末可笑地不懂事!

小大人

我人很小,因为我是一个小孩子,到了我像爸爸一样年纪时,便要变大了。

我的先生要是走来说道:"时候晚了,把你的石板,你的书拿来。"

我便要告诉他道:"你不知道我已经同爸爸一样大了么? 我决不再学什么功课了。"

我的老师便将惊异地说道:"他读书不读书可以随便,因为他是大人了。"

我将自己穿了衣裳,走到人群拥挤的市场里去。

我的叔叔要是跑过来说道:"你要迷路了,我的孩子,让我领着你罢。"

我便要回答道:"你没有看见么,叔叔,我已经同爸爸一样大了? 我决定要独自一个人到市场里去。"

叔叔便将说道:"是的,他随便到哪里去都可以,因为他是大人了。"

当我正拿钱给我保姆时,妈妈便要从浴室中出来,因为我是知道怎样用我的钥匙去开银箱的。

妈妈要是说道:"你在做什么呀,顽皮的孩子?"

我便要告诉她道:"妈妈,你不知道我已经同爸爸一样大了么? 我必须拿钱给保姆。"

---

① 格尼许(Ganesh)是毁灭之神湿婆的儿子,象头人身。同时也是现代印度人所最喜欢用来做名字的第一个字。

妈妈便将自言自语道："他可以随便把钱给他所喜欢的人,因为他是大人了。"

当十月里放假的时候,爸爸将要回家,他会以为我还是一个小孩子,为我从城里带了小鞋子和小绸衫来。

我便要说道："爸爸,把这些东西给哥哥罢,因为我已经同你一样大了。"

爸爸便将想了一想,说道："他可以随便去买他自己穿的衣裳,因为他是大人了。"

十二点钟

妈妈,我真想现在不做功课了。我整个早晨都在念书呢。

你说,现在还不过是十二点钟。假定不会晚过十二点罢;难道你不能把不过是十二点钟想象成下午么?

我能够容容易易地想象:现在太阳已经到了那片稻田的边缘上了,老态龙钟的渔婆正在池边采撷香草作她的晚餐。

我闭上了眼就能够想到,马塔尔树下的阴影是更深黑了,池塘里的水看来黑得发亮。

假如十二点钟能够在黑夜里来到,为什么黑夜不能在十二点钟的时候来到呢?

著作家

你说爸爸写了许多书,但我却不懂得他所写的东西。

他整个黄昏读书给你听,但是你真懂得他的意思么?

妈妈,你给我们讲的故事,真是好听呀!我很奇怪,爸爸为什么不能写那样的书呢?

难道他从来没有从他自己的妈妈那里听见过巨人和神仙和公主的故事么?

还是已经完全忘记了?

他常常耽误了沐浴,你不得不走去叫他一百多次。
你总要等候着,把他的菜温着等他,但他忘了,还尽管写下去。
爸爸老是以著书为游戏。
如果我一走进爸爸房里去游戏,你就要走来叫道:"真是一个顽皮的孩子!"
如果我稍为出一点声音,你就要说:"你没有看见你爸爸正在工作么?"
老是写了又写,有什么趣味呢?

当我拿起爸爸的钢笔或铅笔,像他一模一样地在他的书上写着,a,b,c,d,e,f,g,h,i,——那时,你为什么跟我生气呢,妈妈?
爸爸写时,你却从来不说一句话。

当我爸爸耗费了那末一大堆纸时,妈妈,你似乎全不在乎。
但是,如果我只取了一张纸去做一只船,你却要说:"孩子,你真讨厌!"
你对于爸爸拿黑点子涂满了纸的两面,污损了许多许多张纸,你心里以为怎样呢?

恶邮差

你为什么坐在那边地板上不言不动的,告诉我呀,亲爱的妈妈?
雨从开着的窗口打进来了,把你身上全打湿了,你却不管。
你听见钟已打四下了么? 正是哥哥从学校里回家的时候了。
到底发生了什么事,你的神色这样不对?
你今天没有接到爸爸的信么?
我看见邮差在他的袋里带了许多信来,几乎镇里的每个人都分送到了。

只有爸爸的信,他留起来给他自己看。我确信这个邮差是个坏人。

但是不要因此不乐呀,亲爱的妈妈。

明天是邻村市集的日子。你叫女仆去买些笔和纸来。

我自己会写爸爸所写的一切信;使你找不出一点错处来。

我要从 A 字一直写到 K 字。

但是,妈妈,你为什么笑呢?

你不相信我能写得同爸爸一样好!

但是我将用心画格子,把所有的字母都写得又大又美。

当我写好了时,你以为我也像爸爸那样傻,把它投入可怕的邮差的袋中么?

我立刻就自己送来给你,而且一个字母,一个字母地帮助你读。

我知道那邮差是不肯把真正的好信送给你的。

英 雄

妈妈,让我们想象我们正在旅行,经过一个陌生而危险的国土。

你坐在一顶轿子里,我骑着一匹红马,在你旁边跑着。

是黄昏的时候,太阳已经下山了。约拉地希的荒地疲乏而灰暗地展开在我们面前,大地是凄凉而荒芜的。

你害怕了,想道——"我不知道我们到了什么地方了。"

我对你说道:"妈妈,不要害怕。"

草地上刺蓬蓬地长着针尖似的草,一条狭而崎岖的小道通过这块草地。

在这片广大的地面上看不见一只牛;它们已经回到它们村里的牛棚去了。

天色黑了下来,大地和天空都显得朦朦胧胧的,而我们不能说出我们正走向什么所在。

突然间,你叫我,悄悄地问我道:"靠近河岸的是什么火光呀?"

正在那个时候,一阵可怕的呐喊声爆发了,好些人影子向我们跑过来。

你蹲坐在你的轿子里,嘴里反覆地祷念着神的名字。

轿夫们,怕得发抖,躲藏在荆棘丛中。

我向你喊道:"不要害怕,妈妈,有我在这里。"

他们手里执着长棒,头发披散着,越走越近了。

我喊道:"要当心!你们这些坏蛋!再向前走一步,你们就要送命了。"

他们又发出一阵可怕的呐喊声,向前冲过来。

你抓住我的手,说道:"好孩子,看在上天面上,躲开他们罢。"

我说道:"妈妈,你瞧我的。"

于是我刺策着我的马匹,猛奔过去,我的剑和盾彼此碰着作响。

这一场战斗是那么激烈,妈妈,如果你从轿子里看得见的话,你一定会发冷战的。

他们之中,许多人逃走了,还有好些人被砍杀了。

我知道你那时独自坐在那里,心里正在想着,你的孩子这时候一定已经死了。

但是我跑到你的跟前,浑身溅满了鲜血,说道:"妈妈,现在战争已经结束了。"

你从轿子里走出来,吻着我,把我搂在你的心头,你自言自语地说道:"如果我没有我的孩子护送我,我简直不知道怎么办才好。"

一千件无聊的事天天在发生,为什么这样一件事不能够偶然实现呢?

这很像一本书里的一个故事。

我的哥哥要说道:"这是可能的事么?我老是在想,他是那么嫩弱呢!"

我们村里的人们都要惊讶地说道:"这孩子正和他妈妈在一起,这不是很幸运么?"

告　别

是我走的时候了,妈妈;我走了。

当清寂的黎明,你在暗中伸出双臂,要抱你睡在床上的孩子时,我要说道:"孩子不在那里呀!"——妈妈,我走了。

我要变成一股清风抚摸着你;我要变成水的涟漪,当你浴时,把你吻了又吻。

大风之夜,当雨点在树叶中淅沥时,你在床上,会听见我的微语,当电光从开着的窗口闪进你的屋里时,我的笑声也偕了它一同闪进了。

如果你醒着躺在床上,想你的孩子到深夜,我便要从星空向你唱道:"睡呀!妈妈,睡呀。"

我要坐在各处游荡的月光上,偷偷地来到你的床上,乘你睡着时,躺在你的胸上。

我要变成一个梦儿,从你的眼皮的微缝中,钻到你睡眠的深处,当你醒来吃惊地四望时,我便如闪耀的萤火似地熠熠地向暗中飞去了。

当普耶节日①,邻舍家的孩子们来屋里游玩时,我便要融化在笛声里,整日价在你心头震荡。

亲爱的阿姨带了普耶礼②来,问道:"我们的孩子在哪里,姊姊?"妈妈,你将要柔声地告诉她:"他呀,他现在是在我的瞳仁里,他现在是在我的身体里,在我的灵魂里。"

召 唤

她走的时候,夜间黑漆漆的,他们都睡了。

现在,夜间也是黑漆漆的,我唤她道:"回来,我的宝贝;世界都在沉睡;当星星互相凝视的时候,你来一会儿是没有人会知道的。"

她走的时候,树木正在萌芽,春光刚刚来到。

现在花已盛开,我唤道:"回来,我的宝贝。孩子们漫不经心地在游戏,把花聚在一块,又把它们散开。你如走来,拿一朵小花去,没有人会发觉的。"

常常在游戏的那些人,仍然还在那里游戏,生命总是如此地浪费。

我静听他们的空谈,便唤道:"回来,我的宝贝,妈妈的心里充满着爱,你如走来,仅仅从她那里接一个小小的吻,没有人会妒忌的。"

第一次的茉莉

呵,这些茉莉花,这些白的茉莉花!

---

① 普耶(Puja),意为"祭神大典",这里的"普耶节",是指印度十月间的"难近母祭日"。
② 普耶礼就是指这个节日亲友相互馈送的礼物。

我仿佛记得我第一次双手满捧着这些茉莉花,这些白的茉莉花的时候。

我喜爱那日光,那天空,那绿色的大地;

我听见那河水淙淙的流声,在黑漆的午夜里传过来;

秋天的夕阳,在荒原上大路转角处迎我;如新妇揭起她的面纱迎接她的爱人。

但我想起孩提时第一次捧在手里的白茉莉,心里充满着甜蜜的回忆。

我生平有过许多快活的日子,在节日宴会的晚上,我曾跟着说笑话的人大笑。

在灰暗的雨天的早晨,我吟哦过许多飘逸的诗篇。

我颈上戴过爱人手织的醉花的花圈,作为晚装。

但我想起孩提时第一次捧在手里的白茉莉,心里充满着甜蜜的回忆。

榕 树

喂,你站在池边的蓬头的榕树,你可会忘记了那小小的孩子,就像那在你的枝上筑巢又离开了你的鸟儿似的孩子?

你不记得是他怎样坐在窗内,诧异地望着你深入地下的纠缠的树根么?

妇人们常到池边,汲了满罐的水去,你的大黑影便在水面上摇动,好像睡着的人挣扎着要醒来似的。

日光在微波上跳舞,好像不停不息的小梭在织着金色的花毡。

两只鸭子挨着芦苇,在芦苇影子上游来游去,孩子静静地坐在那里想着。

他想做风,吹过你的萧萧的枝杈;想做你的影子,在水面上,随了日光而俱长;想做一只鸟儿,栖息在你的最高枝上;还想做那两只鸭,在芦苇与阴影中间游来游去。

祝　福

祝福这个小心灵,这个洁白的灵魂,他为我们的大地,赢得了天的接吻。

他爱日光,他爱见他妈妈的脸。

他没有学会厌恶尘土而渴求黄金。

紧抱他在你的心里,并且祝福他。

他已来到这个歧路百出的大地上了。

我不知道他怎么从群众中选出你来,来到你的门前抓住你的手问路。

他笑着,谈着,跟着你走,心里没有一点儿疑惑。

不要辜负他的信任,引导他到正路,并且祝福他。

把你的手按在他的头上,祈求着:底下的波涛虽然险恶,然而从上面来的风,会鼓起他的船帆,送他到和平的港口的。

不要在忙碌中把他忘了,让他来到你的心里,并且祝福他。

赠　品

我要送些东西给你,我的孩子,因为我们同是漂泊在世界的溪流中的。

我们的生命将被分开,我们的爱也将被忘记。

但我却没有那样傻,希望能用我的赠品来买你的心。

你的生命正是青春,你的道路也长着呢,你一口气饮尽了我们带给你的爱,便回身离开我们跑了。

你有你的游戏,有你的游伴。如果你没有时间同我们在一起,如果你想不到我们,那有什么害处呢?

我们呢,自然的,在老年时,会有许多闲暇的时间,去计算那过去的日子,把我们手里永久失了的东西,在心里爱抚着。

河流唱着歌很快地流去，冲破所有的堤防。但是山峰却留在那里，忆念着，满怀依依之情。

我的歌

我的孩子，我这一支歌将扬起它的乐声围绕你的身旁，好像那爱情的热恋的手臂一样。

我这一支歌将触着你的前额，好像那祝福的接吻一样。

当你只是一个人的时候，它将坐在你的身旁，在你耳边微语着；当你在人群中的时候，它将围住你，使你超然物外。

我的歌将成为你的梦的翼翅，它将把你的心移送到不可知的岸边。

当黑夜覆盖在你路上的时候，它又将成为那照临在你头上的忠实的星光。

我的歌又将坐在你眼睛的瞳仁里，将你的视线带入万物的心里。

当我的声音因死亡而沉寂时，我的歌仍将在你活泼泼的心中唱着。

孩子天使

他们喧哗争斗，他们怀疑失望，他们辩论而没有结果。

我的孩子，让你的生命到他们当中去，如一线镇定而纯洁之光，使他们愉悦而沉默。

他们的贪心和妒忌是残忍的；他们的话，好像暗藏的刀，渴欲饮血。

我的孩子，去，去站在他们愤懑的心中，把你的和善的眼光落在它们上面，好像那傍晚的宽宏大量的和平，覆盖着日间的骚扰一样。

我的孩子，让他们望着你的脸，因此能够知道一切事物的意义；让他们爱你，因此他们能够相爱。

来，坐在无垠的胸膛上，我的孩子。朝阳出来时，开放而且抬起你的心，像一朵盛开的花；夕阳落下时，低下你的头，默默地做完这一天的礼拜。

最后的买卖

早晨,我在石铺的路上走时,我叫道:"谁来雇用我呀。"
皇帝坐着马车,手里拿着剑走来。
他拉着我的手,说道:"我要用权力来雇用你。"
但是他的权力算不了什么,他坐着马车走了。

正午炎热的时候,家家户户的门都闭着。
我沿着屈曲的小巷走去。
一个老人带着一袋金钱走出来。
他斟酌了一下,说道:"我要用金钱来雇用你。"
他一个一个地数着他的钱,但我却转身离去了。

黄昏了,花园的篱上满开着花。
美人走出来,说道:"我要用微笑来雇用你。"
她的微笑黯淡了,化成泪容了,她孤寂地回身走进黑暗里去。

太阳照耀在沙地上,海波任性地浪花四溅。
一个小孩坐在那里玩贝壳。
他抬起头来,好像认识我似的,说道:"我雇你不用什么东西。"
从此以后,在这个小孩的游戏中做成的买卖,使我成了一个自由的人。

郑振铎　译

采果集

1

请吩咐我,我就将采集我的果实,满筐满筐地送往你的庭院,尽管有的已经失落,有的还没有成熟。

因为这季节已丰富得不堪负载,而浓荫里正传来牧羊人哀伤的笛声。

请吩咐我,我就将在河上扬帆启碇。

三月的风躁动不安,它把滞缓的波浪吹得汩汩作响。

果园已经献出它的一切,在这黄昏的疲惫的时分,你的呼唤在夕阳余晖中从你那所岸边的屋里传来。

2

我的生命在年轻时像一朵花——一朵从它的丰富中放出一片或两片花瓣而从无失落之感的花,当和煦的春风来到它的门前恳求的时候。

如今当青春老去,我的生命像一个果实,它已经没有什么可以给予,只等待着把它自己和它充盈的甜蜜全部呈献。

4

我醒来,发现他的信与黎明俱在。
我不知道信里说的什么,因为我不识字。
我且让聪明人自去读他的书,我不想去麻烦他,因为谁知道他是否能看懂这信里说的话。

让我把信高高举到我的前额,把它紧紧贴在我的心头。
当夜阑人静,星星一颗颗闪现,我把信摊在我的膝头,静静地守着。
林中沙沙的树叶将高声地把信读给我听,潺潺的流水将喃喃念出这封信,而那智慧的七星将从天际把信唱给我听。
我无法找到我所寻求的,我也无法理解我所愿意知道的;但这封没有读过的信已经减轻了我的负担,而且把我的思绪化为歌曲。

5

一把尘土能掩去你的暗示,当我不懂得它的含义的时候。
如今我已较能解事,我悟出了它以前掩藏的全部意义。

它被绘成一片片花瓣;浪花以泡沫使它闪烁发光,群山把它高高举在山巅之上。
我以前把脸从你面前转开,因此我解错了那些信的含义,不知道它们到底是什么意思。

6

在铺设了道路的地方,我迷了路。
在浩淼的海上,在湛蓝的天空,没有一丝儿路的痕迹。
群鸟的翼翅,点点的星火,四季流转的繁花,掩没了路径。

于是我问我的心,是不是它的血液里自有智慧,能找到那看不见的道路。

7

唉,我不能留在这所屋子里,因为这个家已经不是我的家,因为那永恒的异乡人在呼唤,他正沿着大路走来。

他的脚步声叩着我的胸脯,使我痛苦!

风已停息,海在呻吟。

我撇下我所有的烦恼和疑虑,去跟踪那无家可归的波浪,因为那异乡人在呼唤,他正沿着大路走来。

8

准备出发吧,我的心!让那些必须滞留的人们留下吧。

因为在清晨的天空中,已经在呼唤你的名字。

不用等谁了!

花蕾企求的是夜和露,而盛开的花朵却要求光的自由。

冲出你的护鞘,去吧,我的心!

9

当我留恋于我积聚的财富之中时,我觉得我仿佛是一条蛀虫,在黑暗中啃啮它所由滋生的果实。

我要离开这座腐朽的牢狱。

我不愿出没于这种腐朽的静止之中,因为我要去寻找永恒的青春;我抛却不与我的生命融为一体,也不似我的笑声一般轻盈的一切。

我在时间中奔驰,而你,哦,我的心,在你的四轮马车里,那行吟诗人载歌载舞。

10

　　你握住我的手,把我拉到你的身边,让我当着众人的面坐在高高的座位上,直到我变得战战兢兢,不能动弹也不能独自举步;每走一步我都疑虑重重,踌躇再三,唯恐踩上人们蔑视的荆棘。

　　我终于获得了解放!
　　打击来临了,侮辱的鼓声擂响了,我的座位坠落在尘埃之中。
　　我的道路已经在我的前面敞开。

　　我的双翼满怀着对天空的渴慕。
　　我要飞去与那夜半流驶的星星会合,投入那深邃的阴影里。
　　我恍如那暴风雨所追逐的夏云,它扔掉金冠,像利剑似的把霹雳挂在一串闪电的链环上。
　　我欣喜若狂,我在卑贱者行走的尘埃飞扬的小路上奔跑;我离你最后的欢迎更近了。

　　当婴儿离开了子宫,他便发现了母亲。
　　当我被撵出了你的家,离开了你,我就能自由地凝视你的面容。

11

　　我这串镶着珠宝的项链,它装点我只是为了嘲笑我。
　　当它挂在我的颈子上的时候,它擦伤我的肌肤;但当我使劲把它扯下来的时候,它又使我感到窒息。
　　它卡住了我的喉咙,阻塞了我的歌声。
　　倘若我能把它呈献在你手中,我的主人,我就会得救。
　　把它从我的颈子上取走吧,而用一只花环把我束在你的身边作为交换,因为颈上戴着这串珠光宝气的项链站在你的面前,使我感到羞愧。

12

山下远处,朱木拿河清澈而湍急地奔流;河上,堤岸皱眉蹙额地矗立着。

四周是林木森森、处处激流飞湍的群山。

锡克教的大师高文达坐在岩上诵经,这时他的门徒拉古纳斯夸耀自己的财富,走来向他鞠躬施礼,说道:"我给您带来了一份不成敬意的薄礼。"

说着,他在老师面前拿出了一对嵌着宝石的金手镯。

大师拿起一只手镯套在指上转动,手镯上镶嵌的钻石放出道道霞光。

突然间,那只手镯从他的指头滑出,滚下堤岸落入水中。

"哎呀,"拉古纳斯尖叫一声,便跳进流水。

老师目不转睛盯着他的经卷,河水卷住而且藏起它窃取的东西,继续奔流前去。

白昼消逝了,这时拉古纳斯精疲力竭,水淋淋地回到他的老师身边。

他喘息着说:"如果您告诉我手镯掉在哪儿,我还是能把它找回来的。"

老师抓起那剩下的一只手镯,把它扔进水中,说道:"就在那里。"

13

前进不息是为了每时每刻都能遇见你,

          旅伴啊!

放声歌唱是为你的步履降临。

为你的呼吸所触及的人,他决不离开堤岸的庇护而随波逐流。

他一无惧迎着大风升起了船帆,在波涛汹涌的海上航行。

他敞开自己的大门,走向前去接受你的问候。

他决不停下步子计算他获得了多少东西,或者悲叹他失去了多少,他的心为他的征途擂起鼓声,因为在这次征途上他每一步都要与你并肩前进,

旅伴啊!

14

在这个世界里,我应得的最美好的一份将来自你的手中:这是你曾经许下的诺言。

因此你的光辉在我的泪珠中闪烁。

我怕别人来引导我,唯恐因此失去你,你在一条大路的角落正等着我做我的向导。

我任性地兀自走我自己的路,直到我的愚蠢的行为把你引诱到我的门前。

因为我曾蒙你允诺,在这世界上我应得的最美好的一份将来自你的手中。

15

我的主人,您的语言简单明了,可是那些谈起您的人,他们的语言却不是那样。

我懂得您的星星的话语,也懂得您的树林的静寂。

我知道我的心会像一朵花那样开放;也知道在一个隐秘的泉边,我的生命已经把自己充盈。

您的歌,像来自冷寂的雪原的飞鸟,飞到我的心里筑巢,等待那四月的温暖,而我却满足于期待那欢乐季节的来临。

16

　　他们熟识路途,他们循着那条陋巷去寻找你,可是我到处飘泊,直到夜色降临,因为我是愚昧无知的。

　　我受过的教育不足以使我畏惧隐没在黑暗中的你,所以我不知不觉地来到了你的门前。

　　聪明的人们斥骂我,命令我走开,因为我没有打从陋巷里来。

　　我疑惑地转过身去,但是你紧紧拉住了我,于是他们的斥骂声一天高似一天。

18

　　不,不该由你来使花蕾绽放花朵。

　　你摇动花蕾,拍打花蕾;但要使它开花,不是你力所能及的。

　　你的触摸玷污了它,你把它的花瓣撕成碎片,散落在尘土里。

　　但是既没有绚丽多彩的颜色,也没有芬芳馥郁的气息。

　　啊!不该由你来使花蕾绽放花朵。

　　能使花蕾开放的人,他做得非常简单。

　　他只消瞅它一眼,生命之液就流遍它的血脉。

　　他吹一口气,花朵就张开翅膀,在风中颤摇。

　　缤纷的色彩像内心的渴望一样涌现,馥郁的芳香沁出一缕甜蜜的秘密。

　　能使花蕾开放的人,他做得非常简单。

19

　　花匠苏达斯从他的水罐里抽出严冬残留的最后一朵莲花,走到宫殿门前,想把莲花卖给国王。

在宫门前,他遇见一个旅人对他说:"请问这朵最后的莲花值多少钱——我要把这朵莲花奉献给释迦。"

苏达斯说:"如果你付出一枚金马沙,莲花就归你。"

旅人给了他一枚金马沙。

这时,国王走出来,他想买这朵花,因为他正要去朝拜释迦,他想:"如果把这朵在冬天开放的花呈献在他的脚下,那将是一件多么美妙的事。"

当花匠说他已经收下了一枚金马沙的时候,国王给了他十枚金马沙,但是那个旅人愿意付出双倍的价钱。

花匠是个贪心人,看到他们为了释迦在哄抬价格,他想从释迦那里得到更大的好处。他弯身致礼说:"我不能出卖这朵花了。"

城墙外,在芒果树林静寂无声的浓荫里,苏达斯站在释迦面前,释迦的唇上停留着爱的静寂,眼睛闪耀着安谧,像露水洗过的秋天的晨星。

苏达斯凝视着他的脸,把莲花放在他的脚边,叩首尘埃。

释迦微笑着问道:"你想要什么,我的儿子?"

苏达斯叫道:"我只想碰一碰你的脚。"

20

让我做你的诗人吧,哦,夜,蒙纱的夜!

有些人在你的阴影里默默无语地静坐了多少年代;让我唱出他们的歌声。

把我载上你那无轮的马车吧:悄无声息地奔驰于四极八荒,你这深居时间宫殿里的帝后,你这黑黝黝的美人!

多少喜爱寻根究底的智者偷偷溜进你庭园,在你没有灯火的屋宇里转游,寻找答案。

多少颗被那未知射出的喜悦的箭镞穿透的心,迸发出欢乐的赞歌,把黑暗震得摇摇欲坠。

那些长夜不眠的人,在星光中瞠目凝视他们突然发现的宝藏。

让我做他们的诗人,哦,夜,做你那深不可测的寂静的诗人。

21

总有一天我会遇见在我内心的生命,会遇见那藏在我的生命中的喜悦,尽管流逝的岁月用它们无谓的尘埃扰乱我的道路。

我曾在它隐约的闪现中认识了它,它一阵阵的呼吸吹到我的身上,使我的思绪一时变得芳香动人。

总有一天我会遇见在我身外的喜悦,它滞留在光明的帷幕后面——而我就将站在充溢的寂寞之中,在那里世间万物一览无余,犹如它们被造物主看到的一样。

24

夜色深沉,你在我生命的沉默中酣睡。

醒来吧,哦,爱的痛苦,因为我不知道怎样打开这扇门,我只能在门外伫立。

时间在等待,星星在谛视,风已停息,寂静沉重地压在我的心头。

醒来吧,爱,醒来吧!把我的空杯斟满,用一口歌唱的气息把这静寂的夜吹皱。

25

清晨的鸟儿在啼鸣。

当黎明犹未破晓,夜之龙用它又冷又黑的躯体把天空缠住的时候,他是从哪儿觅得这清晨的歌词的呢?

告诉我,清晨的鸟儿,他是怎样透过这天空和绿叶双重覆盖的夜幕,找到进入你梦境的道路,找到来自东方的使者的呢?

世界并不相信你,当你喊道:"太阳出来了,黑夜已经过去。"

哦,沉睡的人,醒来吧!

赤露你的额头,等待那第一线光明的赐福,满怀欣喜的信念和清晨的鸟儿一起歌唱吧。

26

我心中的乞丐举起瘦骨嶙峋的双手伸向无星的夜空,对着黑夜的耳朵喊出饥饿的声音。

他向失明的黑暗祈求,这失明的黑暗像一位堕落的神,躺倒在失去希望的凄凉的天国。

欲望的喊声绕着一道绝望的裂罅回旋,像一只哀鸣的鸟绕着空巢盘旋。

但是当清晨在东方的边缘抛下锚链的时候,我心中的乞丐欢跃着叫道:

"多亏聋聩的夜拒绝了我的祈求——它的钱箱里已经空无一物了。"

他喊道:"啊,生命,啊,光明,你是宝贵的!我终于认识了你,这种喜悦也是宝贵的!"

27

萨纳丹在恒河边正数着念珠祈祷,一个衣衫褴褛的婆罗门来到他的面前说:"救救我,我好苦啊!"

"我只有一只施舍碗了,"萨纳丹说,"我已经把我的东西都给光了。"

"可是大自在神托梦给我,"婆罗门说,"教我前来求你。"

萨纳丹忽然想起他曾在河堤边卵石堆里捡到一块无价的宝石,当时他想,有人也许需要它,便把它藏在沙里。

他给婆罗门指出了地点,婆罗门惊异地挖出了那块宝石。

婆罗门坐在地上,独自沉思,直到夕阳沉落在树林后面,放牛倌都赶着牛群回家了。

于是他站起来,缓步走到萨纳丹面前说道:"大师,有一种财富足以藐视世间一切财富,请给我一丁点儿那样的财富。"

说罢,他把那块珍贵的宝石扔进了河里。

28

一次又一次我伸出双手来到你的门前,要求你给我多些,更多些。

你给了又给,有时迟缓而稀少,有时突然而过量。

有些我保存下来,有些我任它掉落;有些沉甸甸地放在我的手上;有些我把它做成玩具,当我玩腻了又把它砸碎;直到你给我的礼物,打碎的和储存的,多得不可胜数,最后遮住了你,而我则因永无止息的期待而心劳力拙。

拿去吧,啊,拿去吧——现在已成为我的呼喊。

把这个乞丐碗里的东西全打碎吧:吹灭这盏讨厌的守夜人的灯吧,抓住我的双手,把我从你这堆还在日积月累的礼物中拉出来,引导我到你所在的空阔而赤露的无限中去吧。

29

你把我置于失败者之列。

我知道我不该取胜,也不能离开这场比赛。

我将跃入深渊,虽然结果只能沉向水底。

我将参加这场使我毁灭的比赛。

　　我将把我所有的一切孤注一掷,当我输去最后一分钱的时候,我将把我自己做赌注,这样我想,我将从我彻底的失败中赢得这场比赛。

30

　　一抹欢乐的微笑掠过天空,当你给我的心穿上破烂的衣衫送她上路去乞讨的时候。

她挨家挨户地乞讨,多少次当她的碗里快要盛满的时候,她就给人抢劫一空。

疲惫的一天过去,她举着她可怜的碗,来到你的宫殿门口,你走出来握着她的手,让她坐在你身旁的宝座上。

31

"你们中间有谁愿意行善赈济饥民?"希拉伐斯蒂城饥荒严重,释迦问他的信徒们。

银行家拉特纳卡夸拉着脑袋说:"我的全部财产远远不够赈济饥民。"

国王的军队司令贾伊斯说:"我乐意献出我生命的鲜血,我的家里没有足够的食物。"

达马帕耳广有良田,他叹了口气说:"旱魃已经把我的田亩都吮干啦,我不知道该怎样向国王交纳税赋呢。"

这时,乞丐的女儿苏普里雅站了起来。
她向大家弯身致礼,谦卑地说:"我愿意救济灾民。"
"啊!"他们惊呼道,"你打算怎样实现你的誓言呢?"

"我比你们谁都穷,"苏普里雅说,"这就是我的力量。在你们每一个人的家里,有我的钱箱和仓库。"

32

我不认识我的国王,所以当他宣称要向他交纳贡品的时候,我居然无礼地想躲起来,不偿还债务。

我逃逸,逃逸于白天的工作和夜里的梦。

但是他的要求每时每刻都在跟踪我。

这样我终于领悟原来他认识我,而且没有留下一块属于我的地方。

现在我愿意把我的一切奉献在他的脚下,而取得在他的王国里拥有我一席之地的权利。

33

当我想要给你塑造一个从我的生命中构想的形象,让世人膜拜的时候,我取来了我的尘土,我的欲望,我色彩缤纷的幻想和梦。

当我请求你用我的生命塑造一个你心中构想的形象,让你爱恋的时候,你取来了你的火和力量,真理,优美和安谧。

34

"陛下,"仆人向国王报告说,"圣徒纳罗塔姆不愿枉驾到您皇家的寺庙里去。

"他在大路边的树林下唱着赞美上帝的颂歌。寺庙里一个礼拜的人都没有啦。

"他们都围在他的身边,像蜜蜂围拥着白莲,却不顾那盛满了蜜的金缸。"

国王心里懊恼,他走到纳罗塔姆在草地上坐着的地方。

他问道:"父啊,为什么不到我盖着金顶的寺庙里去,却在外面坐在尘土里宣讲上帝的爱?"

"因为上帝不在你的寺庙里,"纳罗塔姆说。

国王皱起眉头说:"你不知道建筑这座艺术的奇迹花了两千万金币吗?也不知道曾经举行过隆重的仪式把它奉献给上帝吗?"

"是的,我都知道,"纳罗塔姆答道,"就在那年,你成千上万的百姓房子烧毁了,他们站在你的门前恳求帮助而一无所得。

"那时上帝说:'这个可怜的人,他不能给他的兄弟们解决容身之所,却要给我建造庙殿!'

"于是他和那些无家可归的人一起留在路边的树林下。

"而在你那黄金的泡沫里,除了强烈的虚荣与骄傲以外,就一无所有。"

国王怒气冲冲地喝道:"离开我的国家。"

圣徒镇定自若地说:"是的,把我驱赶到你驱逐我的上帝的地方去吧。"

35

号角掉落在尘土里。

风已倦怠,光已熄灭。

啊,不祥的日子!

来吧,战士们,举起你们的旗帜,歌手们,你们也唱着战歌来吧!

来吧,行进的朝拜者,赶快奔赴你们的旅程!

号角在尘土中等我们。

我带着晚祷的献礼走向寺庙,在一天劳累之后尘土满身,想寻找一个休息的地方:希望我的伤痛能治愈,长袍上的污渍能洗净,这时我发现你的号角掉落在尘土里。

现在不正是我应该点亮我的夜灯的时刻吗?

夜不是已经给星星唱过催眠曲了吗?

哦,你这血红的玫瑰,我的睡梦的罂粟却已暗淡失色,枯萎凋零!

我坚信我的漂泊流离的生活已经过去,我的债务已经全部清偿,当我蓦地瞥见你的号角委弃在尘土之中的时候。

请用你青春的咒语把我沉沉欲睡的心唤醒吧!

让我对生命怀有的喜悦像火焰般燃烧。

让那觉醒的利箭穿透黑夜的心,让一阵恐惧的震颤摇落那昏聩和无能吧。

我已经前来从尘土中捡起你的号角。

酣睡已不再属于我——我将穿越阵雨般的密箭而前进。

有些人将从他们的屋子里跑出来,来到我的身边——有些人将暗暗哭泣。

有些人将在床上转辗反侧,在噩梦中呻吟。

因为今夜你的号角就要吹响。

我曾向你要求和平,而得到的只是羞愧。

现在我站在你的面前——请为我披上甲胄!

让那忧患困苦的打击,把烈火扫进我的生命。

让我的心在痛苦中搏动,化做因你的胜利而擂响的鼓声。

我双手空空将一无所取,只为了拿起你的号角。

36

当他们在欢欣若狂中扬起尘土,玷污了你的袍服的时候,哦,美丽的神,我的心为之悲痛欲绝。

我向你呼喊,并且说:"拿起你的惩罚的戒杖,审判他们。"

晨光照着他们因通宵狂欢而发红的眼睛,在洁白的百合花盛开的地方,闻到他们恶浊的气息,星星透过深邃的神圣的夜幕注视着他们狂饮欢宴——注视着那些扬起尘土玷污你的长袍的人,哦,美丽的神!

你的审判的座位设在花园里,在春天鸟声的啭鸣里,在浓荫的河岸边,那儿树林轻声细语与水波的汩汩声相应答。

哦,我的爱人,当他们沉溺于激情的时候,他们毫无怜悯。

他们在黑暗中潜行,想劫走你的珠宝饰物,装点他们自己的欲望。

当他们殴打你,使你痛苦的时候,也使我痛彻心肺,我向你呼喊说:"拿起你的剑,哦,我的爱人,审判他们!"

啊,然而你的正义却是警觉的。

一位母亲的眼泪,洒落在他们的傲慢无礼上;一个爱人的不灭的信念,把他们反叛的利矛掩藏在它的伤口里。

你的审判包含在那长夜不眠的爱的无言的痛苦中,在那贞洁的羞赧中,在那凄凉的夜的泪珠中,在那宽恕的苍白的晨曦中。

哦,令人敬畏的神,在他们沉溺于肆无忌惮的贪婪的时刻,他们黉夜翻过你的大门,冲进你的宝库,劫走你的东西。

但是他们劫掠的赃物多得不可胜数,重得带不走也搬不动。

于是我向你呼喊说:"饶恕他们,哦,令人敬畏的神!"

你的宽恕迸发为暴风雨,把他们打翻在地,把所有赃物都散落在尘土。

你的宽恕在那陨落的雷石中,在那阵雨般洒下的鲜血中,在那夕阳愠怒的残照中。

37

释迦的门徒乌帕古普塔酣睡在马土腊城墙边的尘土中。

家家户户灯都灭了,门都闭了,八月阴暗的天空掩去了群星。

那脚镯丁当,突然碰触到他的胸脯的是谁的双脚?

他瞿然而醒,一个女人手里擎着灯,灯光照亮了他宽容的眼睛。

这是舞蹈女郎,头饰珠宝,披着浅蓝色的斗篷,沉醉在美酒般的青春之中。

她把灯儿凑近,打量那张年轻的脸,一张严肃而俊美的脸。

"原谅我,年轻的苦行者,"女人说,"请光临寒舍吧,这儿尘土满地,可不是你合适的床。"

苦行者回答说:"女人,走吧;时机成熟,我自会到你那儿去。"

猛然间,一道闪电,黑沉沉的夜露出了牙齿。

暴风雨从天边轰然而至,女人恐惧地战栗着。

······

路边树林的枝丫,因为花朵盛开而感到痛苦。

在春天和煦的空气中,从远处飘来欢快的长笛声。

人们都到林子里去了,去欢庆百花节去了。

中天的圆月凝眸注视着这座万籁俱寂的城市的阴影。

那个年轻的苦行者在空无一人的街上踯躅,头顶上,情思恹恹的杜鹃在芒果树的枝头倾吐它们失眠的哀怨。

乌帕古普塔穿过一道又一道城门,伫立在护城堤下。

在他的脚边,躺在城墙的阴影里,患着黑死病遍体伤痕斑斑,却被匆匆赶出城来的女人是谁?

苦行者在她身旁坐下来,扶起她的头放在膝上,用水润湿她的嘴唇,给她的身上涂香膏。

"你是谁?慈善的人?"女人问道。

"看望你的时间终于来临,于是我来了。"年轻的苦行者答道。

38

我们之间不仅是爱情的嬉戏,我的爱人。

那呼啸的暴风雨之夜,一次又一次地向我扑来,吹灭了我的灯:于是暧昧的疑虑如乌云四合,从我的天空抹去了所有的星星。

河堤一次又一次地冲决,听任洪流卷走我的辛勤获得的成果,哀号和绝望把我的天空撕得粉碎。

如今我已领悟:在你的爱里自有痛苦的打击在,而绝非死亡的冷漠无情。

39

大墙坍圮,光明像神圣的笑声冲进来。

　　　　胜利,啊,光明!

黑夜的心已经被你刺穿了!

用你光芒闪烁的长剑把那纷乱纠结的疑虑和软弱的欲望劈成两半吧。

胜利!

来吧,你这不可调和的!

来吧,你这洁白无瑕而凛然不可侵犯的。

啊,光明,在火的行进中,你的鼓声咚咚,红色的火炬高高举起;在光芒迸射之下,死亡消失得无影无踪!

40

啊,火,我的兄弟,我为你歌唱胜利。

你是那敬畏的自由的鲜红的形象。

你在空中挥舞双臂,你用你迅疾的手指划过琴弦,你的舞曲是那么美丽动听。

当我生命的岁月已尽,大门也已打开的时候,你就将把束缚我手脚的羁绊全都烧成灰烬。

我的躯体将与你化为一体,我的心将卷入你狂烈的旋转之中,我的生命,那燃烧着的炽热,也将在刹那间闪烁发光,融入你的火焰。

41

船夫已出海夜航,渡越那波涛汹涌的大海。

船桅因狂风满帆而感到痛楚。

天空被夜的尖牙咬伤,坠落在笼罩着恐怖的海上。

波涛滚滚,浪峰扑向这罕见的黑暗,船夫正在海上,他要渡越这波涛汹涌的大海。

船夫出海了,我不知道他要去奔赴什么约会,他那骤然出现的白帆,惊动了黑夜。

我不知道他最后在哪儿登上岸滩,走向那点着灯火的静寂的庭院,找到正坐在地上等着的她。

他一叶扁舟,不管狂风暴雨也不管天昏地黑,究竟要寻求什么?

小舟满载着珍珠和宝石吗?

啊,不,船夫身边并无珍宝,他只是手里拿着一朵洁白的玫瑰花,嘴里唱着一支歌。

这是献给那点着灯在黑夜独自守望的她的。

她住在路边的茅屋里。

她的披散的长发在风中飞舞,掩去了她的眼睛。

暴风雨透过她的破敝的门扉呼啸而入,陶制的灯盏火光摇曳,在墙上投下幢幢黑影。

她从狂风的号叫声中,听见他在呼唤她的名字,她那不为人知的名字。

船夫出海已经很久了。

天色犹未破晓,他来敲门的时候还早。

不会有人敲起鼓声,也不会有谁知道。

但是光明必将普照这间茅屋,尘土必将受到祝福,心儿也必将欢悦。

当船夫来到岸边的时候,一切疑虑就将在寂静中消失。

42

在人世狭窄的溪流中,我紧紧守住这具生命的筏,我的躯体。当我抵达彼岸时,我将弃之而去。

此后又将如何呢?

我不知道彼岸是否有光明,那儿是否一样也有黑暗。

那未知者是永恒的自由:

他的爱是无情的。

他为了获取珍珠而打碎贝壳,珍珠在黑暗的牢狱里暗哑无言。

你为那逝去的岁月沉思和哭泣,可怜的心!

为那即将来临的日子欢欣吧!
时钟已经敲响了,哦,朝拜的人!
现在是你临歧抉择的时候了!
他的脸将再一次显现,你必将邂逅。

43

在释迦的遗骸之上,国王比姆比萨尔建造了一座圣庙:以洁白的大理石表达的敬意。

每当黄昏时分,王室所有的新娘和公主都上圣庙去燃灯献花。

当王子成为国王以后,在位期间他血洗了父王的信念,用神圣的经卷点燃起牺牲的燔火。

秋日将暮。

晚祷的时刻已近。

王后的侍女,虔诚信奉释迦的希里玛蒂,用圣水沐浴后,把一盏盏明灯和素白的鲜花放在金盘里,默默地抬起眼睛望着王后的脸。

王后惊恐地颤抖着说:"蠢丫头,你不知道,不论谁上佛庙去奉献祭礼都要处以死刑吗?"

"这是国王的旨意。"

希里玛蒂深深一躬,便转身走出房门,来到王子的新娘阿米塔的面前站住。

一面抛光的镜子搁在新娘的膝头,她正对镜梳妆,把乌黑的长发编成辫子,在头发分路处点上一颗鲜红的吉祥痣。

当她看到这个年轻的侍女时,她两只手都哆嗦起来,她叫道:"你想给我招来多大的灾祸?马上离开我。"

公主苏克拉坐在窗边,凑着夕阳的余晖正读着一部爱情小说。

当她看见捧着神圣的献礼的侍女来到她的门前,她吓了一跳。

书从她膝上掉落下来,她凑在希里玛蒂的耳边悄声说:"你别去找死,大胆的丫头!"

希里玛蒂挨门逐户奔走。
她扬起了头,高声喊道:"王室的妇女们,快来啊!"
"礼拜佛陀的时候到啦!"
有的迎面把她们的门砰地关上,有的斥骂她。
白昼的最后一抹余晖从王宫塔楼的青铜圆顶上消失了。
深沉的阴影降落在大街小巷的角落;市嚣已寂;大自在天神庙的锣声宣告晚祷的时刻已经来到。
秋天的夜空像湖水一般清澈深邃,繁星光辉颤摇,这时御花园的卫兵们从林间惊讶地瞥见佛庙前明灯高照。
他们拔剑奔去,喝道:"你是谁,蠢东西,你不怕死?"

"我是希里玛蒂,"一个柔美悦耳的声音回答,"佛陀的仆人。"
接着,她的心头迸出鲜血,染红了冰凉的大理石。
于是在星星静寂无声中,佛殿座前最后一盏祭灯熄灭了。

44

那站在你与我之间的日子,俯首向我们作最后的告别。
夜把面纱蒙上了她的脸,也掩去了那盏在我卧室里燃着的灯火。

你那沉默的仆人悄无声息地走来,为你铺上新娘的红毯,好让你在无言的静寂中,和我独自厮守在那里,直到黑夜逝去。

45

我的黑夜已在悲伤的床上逝去,我的双眼也已感到倦怠。我的沉重的心却还没有准备好去迎接那充满着喜悦的黎明。

给这赤裸的光明盖上一袭轻纱吧,把这耀眼的闪光和生命的舞蹈从我身边唤走吧。

让你那轻柔的黑暗的斗篷把我盖在它层层的折褶里,也把我的痛苦暂时盖起来,别让它承受这世界的压力。

46

我能报答她所给予我一切的时刻已经过去。

她的夜已经找到了自己的早晨,而你也已经把她抱在你的怀里:因此我给你带来我以前想对她表示的感谢和我以前想赠给她的礼物。

为了我过去对她的一切伤害和冒犯,我来到你的面前请求宽恕。

我献给你我这朵朵爱情的鲜花,当年她曾等待花儿开放,而那时它们犹含苞未放。

47

我发现有几封我过去给她的信珍重地藏在她的匣子里——一块供她的记忆摩挲的小玩艺儿。

她怀着一颗怯生生的心,想从时间的汹涌的流水中偷偷地藏下这些微不足道的东西,说:"这些只是属于我的!"

啊,如今没有一个人要求占有这些信了,不管谁能付出多少爱恋的关切照拂作为代价,但信件仍然留在这里。

的确,这世间自有爱情在,使她不致失去一切,变得一无所有,正像她这样的爱,痴情地保存了这些信一样。

48

把美和秩序给予我孤伶的生活吧,女人,恰似你在世时曾经把它们带进我的家一样。

扫去时间尘封的瓦砾,盛满空阒的瓶罐,把所有荒芜废弛的东西都修葺起来。

然后,打开神殿的幽深的门,点起蜡烛,让我们俩在那儿,在上帝面前默默相见。

49

当琴弦在调谐乐音的时候,我痛苦难忍,我的主人!

奏起你的乐曲吧,让我忘却痛苦,让我在美丽动听的乐声中感受你在那无情的岁月中萦绕在你心头的一切。

行将逝去的夜,在我门边留连不去,让她在阵阵歌声中告别吧。

把你的心伴随着从你的繁星中倾泻下来的曲调,倾注到我的生命的琴弦中来吧,我的主人。

50

在电光闪烁的一瞬间,我见到了你在我生命里的无限的创造——通过多少次死亡的世世代代的创造。

当我看到我的生命操在毫无意义的时刻的手中时,我为自己的卑贱而哭泣——但当我看到我的生命操在你的手中时,我懂得生命无比宝贵,我决不能把生命虚掷于默默无闻。

51

我知道有一天,在暮色苍茫中,太阳将向我最后告别。

牧羊人将在榕树林下吹起笛子,羊群在河边的山坡上吃草,而我的生命将隐入黑暗。

这是我的祈求:在我离去之前,我想知道,为什么大地要召唤我到她的怀里去。

为什么她的静寂的夜要向我诉说星星,而她的白昼又把我的思绪吻成花朵。

在我离去之前,愿我能在我最后的副歌上缭绕迟留,使曲尽声绝;愿这盏灯儿点亮,让我能看见你的脸和那只编好的花环戴到你的头上。

52

这是什么音乐,它的节拍竟摇撼了世界?

当它落在生命的峰巅时,我们大声欢笑,而当它又回到黑暗中去时,我们恐惧地畏缩不前。

但是节奏却始终如一,随着这永无穷尽的音乐的节奏,时而高昂,时而消寂。

你把你的珍宝藏在你的掌中,于是我们高呼我们给人抢了。

但是任你把手掌张开或握紧,得和失都是一样。

在你同自己玩耍的游戏中,你既是胜利者,又是失败者。

53

我曾用我的眼睛和四肢亲吻这个世界,我曾把它密密层层地裹在我的心里;我也曾用思念淹没它的白天和黑夜,直到这世界和我的生命成为一体——于是我爱我的生命,因为我爱这片与我交织在一起的天空的光明。

倘若离开这个世界与爱这个世界是一样真实——那么在生命的会见和别离中必然寓有一种深意。

倘若这种爱会在死亡中受骗,那么这种欺骗的虫豸就会蛀蚀万物,而星星也会枯萎,变得一片漆黑。

54

浮云对我说:"我要消失了。"夜说:"我要投入火红的黎明。"
痛苦说:"我要保持缄默,像他的足迹一样。"
"我要在充实之中死去,"我的生命对我说。
大地说:"我的光芒每一瞬息都亲吻着你的思想。"
"年光流逝,"爱情说,"但是我等着你。"
死亡说:"我要把你的生命的船划过大海去。"

55

诗人杜锡达斯,在恒河边人们焚化死者的荒地漫步深思。

他发现一个女人正坐在她亡夫尸体的脚边,她衣饰华丽,仿佛要去举行婚礼似的。

当她看见他的时候,她站起来向他弯身施礼,说道:"大师,您开开恩,准许我跟随我的丈夫到天国去吧。"

"为什么这么急,我的女儿?"杜锡达斯问,"天国是上帝创造,难道这人间不也是他的吗?"

"我不想望天国,"那女人说,"我要我的丈夫。"

杜锡达斯微笑着对她说:"回家去吧,我的孩子。不出这个月,你就会找到你的丈夫。"

女人满怀希望回去了。杜锡达斯每天去看望她,教给她崇高的思想,让她去思索,直到她的心充满了神圣的爱。

一月未尽,她的邻居们去看她,问道:"女人,你找到了你的丈夫没有?"

这个寡妇微笑着说:"我找到啦。"

他们渴切地问:"他在哪儿?"

"我的丈夫在我心里,和我合为一体了。"女人说。

56

你来到我的身边作片刻的停留,用创造的心中殊有的女性的神秘触摸我。

她永远以上帝自己的充盈的优美来报答上帝;她的本性永远是那么清新美丽而又青春洋溢;她在潺潺溪流中舞蹈,在晨光中歌唱;她以汹涌起伏的河川哺育干渴的大地;上帝,永恒的造物主在一阵无法遏制的喜悦中,在她的体内迸裂,并在爱的痛苦中泛滥溢流。

57

那长留在我心中的她是谁,那永远是这样孤零的女人?
我曾向她求爱,但我无法赢得她。
我曾给她戴上花环,讴歌赞美她。
一抹微笑在她脸上闪了一下,接着消失了。
"你不能使我快乐。"她叫道,这个悲伤的女人。

我给她买镶着珠宝的脚镯,用嵌着宝石的扇子给她打扇,我还在黄金制成的床架上为她铺设了卧床。
她的眼睛闪出一丝快活的微光,接着熄灭了。
"我不喜欢这些。"她喊道,这个悲伤的女人。

我让她坐上一辆凯旋的战车,走遍天涯海角。
被征服的心都拜倒在她的脚下,欢呼声响彻云霄。
她的眼睛射出骄傲的光芒,接着便在泪珠中黯淡了。
"征服不能使我欢乐。"她喊道,这个悲伤的女人。

我问她:"告诉我,你寻找谁?"
她只是说:"我在等待那个我不知道他名字的人。"
日子一天天过去,她喊道:"我不认识的爱人什么时候来临,并永将为我所熟识呢?"

58

你是发自黑暗的光,是从斗争的破裂的心上萌生的善。
你是向世界敞开的家,是召唤人们奔赴战场的爱。
你是当世间万物同归一失之时,而仍不失为一得的礼物,是从死亡之穴流出的生命。
你是陨落于凡俗的尘土之中的天国,你为我而设,为众人而设。

59

当前路迢迢使我厌倦,夏日炎炎使我干渴的时候;当幽灵般的黄昏阴影幢幢地笼罩着我的生命的时候,我的朋友,此时此刻我不仅渴望听到你的声音,而且渴望你的抚摸。

我的心由于沉重的负担而感到痛楚,因为它没有把它所有的财富给予你。

请从黑夜伸出你的手来,让我握住它,充满它,保有它;让我在绵延不绝的寂寞里,感觉到它的抚摸。

60

芬芳的气息在花蕾中叫喊:"天哪,春天欢乐的日子过去啦,而我却是一个关在花瓣里的囚徒!"

别灰心丧气,胆小的东西!

你的镣铐自会迸裂,蓓蕾也会放出鲜花,而当你的生命圆满而凋谢时,即使那时,春光依然长在。

芬芳的气息在花蕾里又喘又跳,叫喊:"天啊,时间过去啦,可我还不知道要上哪儿去,也不知道要寻找什么!"

别灰心丧气,胆小的东西!

春风无意中已听到你的愿望,你的生存不得到满足,日子就不会终止。

黑暗是她的未来,因此芬芳的气息在绝望中哭喊:"天啊,这究竟是谁的过错,使我的生命如此庸碌无为?

"谁能告诉我,为什么我是这样?"

别灰心丧气,胆小的东西!

美妙的黎明近在咫尺,当你把自己的生命与整个生命融为一体,而且最终知道你生命的目的的时候。

61

她还是个孩子,我的主人。

她在你的宫殿里到处奔跑玩耍,而且也想把你变成玩具。

她的头发散落了,她的长袍漫不经心地在尘土里拖曳,她全不在意。

你给她说话,她却睡熟了,不回答你的话——你早晨给她的那朵花,也从她手里掉落在尘土。

当暴风雨来临,天空一片晦暝,她忐忑不眠,玩偶都丢在地上,她惊恐地紧贴着你。

她害怕她可能无法为你效劳。

但你微微含笑着观看她玩耍。

你微微含笑着观看她玩耍。

你知道她。

坐在尘土中的这个孩子,是你命定的新娘;她的游戏将会静止,并将深化为爱。

62

"哦,太阳,除了天空还有什么能容得下你的形象?"

"我梦见你,但我决不能想望为你效劳,"露珠哭泣说,"我太渺小,我载不动你,伟大的主人,我的生命全是泪珠。"

"我照亮无垠的天空,但我也能倾心于一滴小小的露珠,"太阳这样说,"我将化为星星之火而充盈你,这样你渺小的生命就将变成一颗大笑的光球。"

63

那种放纵无羁的爱不是我所希求的,它不过像冒着泡沫的酒,瞬息之间就会把盛酒的杯盏迸裂而溢流消失。

请给我这样的爱,它清凉而纯净像你的雨,赐福给干渴的大地,灌满平常百姓家的水罐。

请给我这样的爱,它将深深地渗入生命的中心,从那里它像看不见的树液,流遍生命之树,使它开花,使它结果。

请给予我这样的爱,它能使我的心充满了和平而常保宁静。

64

林木虬结,枝叶纷披,一轮夕阳落在林中的小河西沿。

与世隔绝的孩子们把牛群赶回了家,便围坐在篝火边,倾听伽乌塔马大师讲经。这时,一个陌生的孩子走来,捧着鲜花和水果,向他致敬,他跪在他的脚下,他的声音像小鸟般婉转悦耳——"大师,我到您这儿来,求您把我带到最高最高的真理的路上去。"

"我的名字叫沙蒂雅卡马。"

"愿上帝降福给你,"大师说。
"我的孩子,你属于哪个部族?只有婆罗门才配追求最高真理。"
"大师,"孩子回答说,"我不知道我属于哪个部族。我要去问我的母亲。"

说着,沙蒂雅卡马便起身告别,他涉过溪流,回到那荒沙地的尽头,那所栖立在沉睡的村落边的他母亲的茅屋。
屋子里灯火荧然,母亲在暮色苍茫中倚着柴扉等待儿子归来。
她把他搂在怀里,吻着他的头发,问他去找大师的结果。
"我的爸爸叫什么名字,亲爱的妈妈?"孩子问道。
"伽乌塔马大师对我说,只有婆罗门才配追求最高的真理。"
女人垂下眼帘,低声说:

"我年轻的时候,是个究姑娘,我有过很多老爷。可你确实是来到你的妈妈加巴拉怀里的孩子,我的宝贝,她没有丈夫。"

朝晖在林中修道院的树梢闪闪发光。

早晨浴后的学生们湿发蓬松地对着他们的老师,坐在古树下。

沙蒂雅卡马走来了。

他在圣者的脚边深深俯首施礼,静静地伫立着。

"告诉我,"这位伟大的导师问他,"你属于什么部族?"

"老爷,"他答道,"这我不知道。我问我妈妈的时候,她说:'我年轻的时候,服侍过很多老爷,可你确实是来到你妈妈加巴拉怀里的孩子,她没有丈夫。'"

一片喊喊喳喳的声音顿时升起,像蜜蜂在蜂房里受到骚扰而发出的愤怒的嗡嗡声;学生们对这个弃儿无耻的狂言窃窃私议。

伽乌塔马大师从座上起立,他伸出双臂把孩子搂在胸前,说道:"我的孩子,你是最好的婆罗门。你具有最高尚的真理的传统。"

65

也许在这座城里有一所屋子,今天早晨在朝阳的爱抚下,它的大门永远敞开,那里,光明的使命已经完成。

在篱边,在花园,鲜花已经开放,也许有一颗心,今朝在这朵朵鲜花中,已经发现了从永无穷尽的时间之川送来的礼物。

66

听啊,我的心,在他的笛声里有野花芳香的音乐,有绿叶闪烁,水波粼粼和回响着蜜蜂振翅声的重重浓荫的音乐。

这笛声从我的朋友的唇边偷来他那粲然一笑,并把那笑声撒在我的生命之上。

69

你藏在我心的中央,所以当我的心彷徨无主的时候,她从未觅见你;你躲开了我的爱情和希望,直到最后,因为你始终在它们之中。

你是我青春年少欢谑游戏时藏在我内心深处的喜悦,当时我沉迷于游乐而无暇顾及,喜悦便倏然逝去了。

你在我的生命处于狂喜而心迷神醉之际,向我歌唱,而我却忘记了向你歌唱。

70

当你把灯举在空中,灯光照在我的脸上,而阴影投在你的身上。

当我把爱的灯挂在我的心里,灯光照在你的身上,我却站在后面的阴影里。

72

喜悦从四面八方奔集,以塑造我的躯体。

天空的光芒反复地吻她,直至把她吻醒。

匆匆来去的夏花,岁岁年年在她的呼吸中叹息,微风和水波的声音在她的动作中歌唱。

云霞和森林的色彩以波潮般的激情注入她的生命。宇宙万物的音乐爱抚着她的四肢,使她绰约多姿。

她是我的新娘——她已经把她的灯在我的屋里点亮。

73

春天已带着它的绿叶和繁花进入我的躯体。

整个早晨蜜蜂都在那儿嘤嘤鸣唱,微风娇慵地在与绿荫嬉戏。

一股甘美的清泉从我内心深处涌出。
我的眼睛因为欢悦而湿润,犹如露水沾湿的清晨,生命在我周身颤抖,犹如琵琶拨响的琴弦。

你是否正独自在我涨潮的生命的河边缓步踯躅,哦,我那永无穷尽的岁月的爱人?
我的梦是否像张着彩色的翅膀的飞蛾正围着你掠飞?
那一阵阵在我生命的黑暗的洞穴里回响着的声音,是否就是你的歌声?

今朝能听见在我的血管里鸣响着繁忙时刻的嗡嗡声,能听见在我心中舞蹈的欢快的脚步声,和那永不平静的生命在我体内振翼鼓翅的嘈杂声的,除了你还有谁?

74

我的束缚已经去除,债务已经偿清,我的大门已经打开,我任意东西,去来自由。

他们蜷缩在角落里,编结暗淡的时间之网,
他们踞坐在尘土中数着钱,唤我回去。

但是我的剑已铸成,我已披上甲胄,我的战马急于扬蹄驰骋。
我将赢得我的王国。

75

我赤条条无姓无名,进出一声哀号来到你的大地,才不过几天。

今天我欢声歌唱，而你，我的主人，从我的身边闪开，为了让我能把我的生命充盈。

甚至当我把我的歌曲奉献给你的时候，我也暗自希望人们来临，希望他们因为这些歌曲而爱我。

你喜欢看到我爱上了你把我带来的这个世界。

76

我曾胆怯地匍伏在安全的庇护下，但如今当喜悦的波涛把我的心高高地抛向浪峰时，我的心却紧贴着它的苦恼的礁石。

我曾独自坐在我斗室的角落里，担心斗室湫隘无法接待来客，但如今当门扉突然被不期而至的喜悦打开时，我却发现这斗室不仅容得下你，也容得下整个世界。

我曾踮着脚尖步履轻盈地走路，也留心我的容貌仪态，我熏香涂脂，插金戴玉——但如今当一阵欢乐的旋风把我卷倒在尘土之中时，我在你的脚边却像一个孩子，在地上嬉笑翻滚。

77

这世界一度是你的，也永远是你的。

因为你无所企求，我的帝王，你的财富不足以使你欢乐。

你视财富如草芥。

所以你在漫长的岁月中，把你的一切给予我，而在我内心不断地赢得你的王国。

一天又一天，你从我的心头买得黎明，而且发现你的爱已刻成了我的生命的形象。

78

你给群鸟以歌曲,群鸟也报之以歌曲。
你只给我以声音,而要求于我的,却不仅是声音,因此我歌唱。

你使你的风轻盈若飞,于是风就飞速地为你奔波。你在我手里托付了可以由我自己卸除的重负,于是,最后我就获得了毫无挂碍地为你效劳的自由。
你创造了你的大地,使大地的阴荫充满了点点光影。
至此,你停止了;你把我撇在尘土中,赤手空拳地创造你的天国。
对于世间万物,你都给予;而对于我,你只索取。
我的生命的果实在阳光雨露下生长成熟,直至我收获的超过了你所播种的,使你心花怒放,哦,金色谷仓的主人!

79

别让我祈求我能幸免于遭遇危险,而祈求能面对危险而无所畏惧。
别让我要求把我的痛苦止息,而要求一颗能战胜痛苦的心。
别让我在人生的战场上寻求盟友,而寻求我自己的力量。
别让我在忐忑不安的恐惧中渴望得救,而希求能赢得我的自由的坚忍。
姑且承认我也许不是一个懦夫,在我欣喜于自己的成功之际,让我独自感受你的仁慈;但在我遭遇失败的时候,让我能找到你的手的紧握。

80

当你孤身独处的时候,你不了解自己,而当疾风从这里掠向那更远的岸滩时,听不见一声差遣的呼喊。

我来了,你就醒了,天空也放出了万道霞光。

你使我化为繁花而花朵齐放;在各种形式的摇篮里把我摇荡;你把我藏在死亡中,又在生命中找到我。

我来了,你心潮起伏,你悲喜交集。

你抚摸我,使我颤抖而满怀爱情。

但是在我的眼睛里有一抹薄薄的羞涩,在我的心头有一丝恐惧的闪念;我的脸蒙着面纱,当我看不见你时,我忍不住低声哭泣。

然而我知道,你心里渴望看到我,在日出一次又一次敲响我的大门声中,这永无穷期的渴望在我门口呼喊。

81

你,在你永无穷尽的注视中,谛听着我迫近的脚步声,而你的欢乐在黎明的晨曦中聚集,又突然变为光明灿照。

我越是挨近你,大海舞蹈的热情就越高。

你的世界是在你手中的一株枝叶交错的光明的花枝,但你的天国却在我秘密的心中;它怀着羞怯的爱情,徐徐绽放花蕾。

82

我独自坐在静思的阴影中,我一定要呼喊你的名字。

我一定要呼喊你的名字,不用任何言词,也不为任何目的。

因为我就像一个孩子,千百遍呼唤他的母亲,为自己能说"母亲"这个词而感到欣喜。

83

I

我感到所有的星星都在我心中闪耀。

世界像一股洪流涌进我的生命。

繁花在我身体里开放。

大地与江河的全部青春活力,像一缕香烟在我的心中缭绕;世间万物的气息吹起我阵阵思绪,宛如吹奏一支长笛。

II

当世界沉睡的时候,我来到你的门前。

星星静谧无声,我不敢放声歌唱。

我等着,守着,直到你的身影掠过午夜的阳台,才心满意足地回家。

于是在清晨,我在大路边歌唱;

围篱上的鲜花回答我的歌声,晨风在静静倾听;

旅人们蓦地驻足,凝望着我的脸,以为我呼唤他们的名字。

III

把我留在你的门边,永远为你的愿望效命,并让我在你的国度里到处奔走以接受你的召唤。

别让我沉没并消失于倦怠的深渊。

别让我的生命因年光虚掷一无所成而变为碎片。

别让重重疑虑——那使人意乱心烦的尘埃——把我困住。

别让我为了搜集许多东西而寻求许多途径。

别让我屈服于多数人的压力。

让我高高地扬起头来,以作为你的仆人而自豪。

84

划手们

你们可听见远处死亡的喧嚣,
那来自火海和毒云中的呼喊?
——船长呼喊舵手把船首转向未名的岸滩,
因为港口里停滞的时候已过,
人们在港口把一件同样陈旧的商品永不停息地买进卖出,
那儿失去了生命的东西在枯竭和空虚的真理中漂浮。

他们突然惊醒,问道:
  "伙伴们,敲过几点钟啦?
  什么时候天才亮?"
滚滚的乌云抹去了星星——
那么有谁能瞧见白天召唤的手指?
他们手握船桨奔出屋去,床上空无一人,母亲在祈祷,妻子在门边守望;
一声离别的哀号升向天空,
黑暗里传来船长的声音:
"来啊,水手们,在港湾里停泊的时间已经过去啦!"
尽管世间所有的罪恶已经冲决了它们的堤岸,
划手们,怀着你们灵魂里悲痛的祝福,各就各位吧!
你们责怪谁,兄弟们? 低下头来吧!
这罪恶是你们的,也是我们的。
多少年代在上帝心中蓄积的热——
弱者的怯懦,强者的骄横,富人的贪婪,含冤者的怨恨,豪族的骄傲,对人的侮辱——
炸破了上帝的平静,变为暴风雨。

让暴风雨像成熟的豆荚,把它的心撕裂,化作阵阵震雷,撒向四方。
停止你们诋毁别人揄扬自己的喧闹声吧,
你们默念祈祷,镇定地划向那未名的岸滩吧。

我们每天都经历罪与恶,我们也经历过死亡。
它们像浮云一般掠过我们的世界,以它们倏忽即逝的闪电的大笑嘲弄我们。
突然间它们戛然而止,变为奇异的怪物,而人们必须站在它们面前说:
"我们不怕,哦,魔鬼!因为我们原是每天靠着征服你们才活下去的。
"我们与信念共存亡:相信和平是真实的,善也是真实的,而真实是永恒不灭的上帝!"

假若永生不寓于死亡的心中,
假若欢乐的智慧开花而不胀破悲伤的护鞘,
假若罪恶不死于自我败露,
假若骄矜不在它沉重的勋章之下破灭,
那么驱使这些人,像曙光中的星星冲向死亡似的,离别他们家园的希望又从何而来?
难道殉难者的鲜血和他们的母亲的眼泪,全都白白消失在大地的尘土之中,他们付出的代价买不到天国?
而当人突破了尘世的界限的时候,那不就是无限显现的时刻?

85

失败者之歌

我站在大路边,我的主人吩咐我唱失败之歌,因为失败是他私下求爱的新娘。
她蒙上了深色的面纱,不让众人瞧见她的脸,但是她胸前的宝石却在黑暗里闪闪发光。

白昼遗弃了她,但上帝的夜却用它点燃的灯和露湿的花等着她。

她默默无语,眼睛低垂;她已撇下了她的家,从她的家里传来了风中的哀号。

但是繁星却对一张饱经困苦羞辱而美丽动人的脸,唱着永恒的恋歌。

那间寂寞的卧室已经把门打开,呼唤的声音也已经传出,黑暗的心却因为即将来临的约会而懔然跳动。

86

感 恩

那些在傲慢的道路上行走的人,把卑微的生命踩在脚下,他们沾着鲜血的脚印盖满了嫩绿的大地。

让他们欢欣雀跃吧,感谢您,上帝,因为胜利是属于他们的。

但是我满怀感激之情,因为我与卑微者同命运,他们忍受苦难,肩负权势的重压,在暗地里他们掩面饮泣吞声。

他们的痛苦每一次抽搐都在你的黑夜的隐秘的深处跳动,每一次受到的侮辱都汇成了你巨大的沉默。

但未来是属于他们的。

哦,太阳,照耀在那一颗颗流着鲜血的心上,开放出朵朵黎明的鲜花,而火炬通明的骄傲的欢宴,却已化为一片灰烬。

汤永宽　译

飞鸟集

1

夏天的飞鸟,飞到我窗前唱歌,又飞去了。
秋天的黄叶,它们没有什么可唱,只叹息一声,飞落在那里。

2

世界上的一队小小的漂泊者呀,请留下你们的足印在我的文字里。

3

世界对着它的爱人,把它浩瀚的面具揭下了。
它变小了,小如一首歌,小如一回永恒的接吻。

4

是"地"的泪点,使她的微笑保持着青春不谢。

5

广漠无垠的沙漠热烈地追求着一叶绿草的爱,但她摇摇头,笑起来,飞了开去。

6

如果错过了太阳时你流了泪,那末你也要错过群星了。

7

跳舞着的流水呀,在你途中的泥沙,要求你的歌声,你的流动呢。你肯夹跛足的泥沙而俱下么?

8

她的热切的脸,如夜雨似的,搅扰着我的梦魂。

9

有一次,我们梦见大家都是不相识的。
我们醒了,却知道我们原是相亲爱的。

10

忧思在我的心里平静下去,正如黄昏在寂静的林中。

11

有些看不见的手指,如懒懒的微飔似的,正在我的心上,奏着潺湲的乐声。

12

"海水呀,你说的是什么?"
"是永恒的疑问。"
"天空呀,你回答的话是什么?"
"是永恒的沉默。"

13

静静地听,我的心呀,听那"世界"的低语,这是他对你的爱的表示呀。

14

创造的神秘,有如夜间的黑暗,——是伟大的。而知识的幻影,不过如晨间之雾。

15

不要因为峭壁是高的,而让你的爱情坐在峭壁上。

16

我今晨坐在窗前,"世界"如一个过路的人似的,停留了一会,向我点点头又走过去了。

17

这些微飔,是绿叶的簌簌之声呀;他们在我的心里,愉悦地微语着。

18

你看不见你的真相,你所看见的,只是你的影子。

19

主呀,我的那些愿望真是愚傻呀,它们杂在你的歌声中喧叫着呢。
让我只是静听着吧。

20

我不能选择那最好的。
是那最好的选择我。

21

那些把灯背在他们的背上的人,把他们的影子投到他们前面去。

22

我存在,乃是所谓生命的一个永久的奇迹。

23

"我们,萧萧的树叶,都有声响回答那暴风雨,但你是谁呢,那样地沉默着?"
"我不过是一朵花。"

24

休息之隶属于工作,正如眼睑之隶属于眼睛。

25

人是一个初生的孩子,他的力量,就是生长的力量。

26

上帝希望我们酬答他的,在于他送给我们的花朵,而不在于太阳和土地。

27

光如一个裸体的孩子,快快活活地在绿叶当中游戏,他不知道人是会欺诈的。

28

啊,美呀,在爱中找你自己吧,不要到你镜子的谄谀中去找呀。

29

我的心冲激着她的波浪在"世界"的海岸上,蘸着眼泪在上边写着她的题记:
"我爱你。"

30

"月儿呀,你等候什么呢?"
"要致敬意于我必须给他让路的太阳。"

31

绿树长到了我的窗前,仿佛是喑哑的大地发出的渴望的声音。

32

上帝自己的清晨,在他自己看来也是新奇的。

33

生命因了"世界"的要求,得到他的资产,因了爱的要求,得到他的价值。

34

干的河床,并不感谢他的过去。

35

鸟儿愿为一朵云。
云儿愿为一只鸟。

36

瀑布歌道:"我得到自由时便有歌声了。"

37

我不能说出这心为什么那样默默地颓丧着。

那小小的需要,他是永不要求,永不知道,永不记着的。

38

妇人,你在料理家事的时候,你的手足歌唱着,正如山间的溪水歌唱着在小石中流过。

39

太阳横过西方的海面时,对着东方,致他的最后的敬礼。

40

不要因为你自己没有胃口,而去责备你的食物。

41

群树如表示大地的愿望似的,竖趾立着,向天空窥望。

42

你微微地笑着,不同我说什么话,而我觉得,为了这个,我已等待得久了。

43

水里的游鱼是沉默的,陆地上的兽类是喧闹的,空中的飞鸟是歌唱着的;但是人类却兼有了海里的沉默,地上的喧闹,与空中的音乐。

44

"世界"在踌躇之心的琴弦上跑过去,奏出忧郁的乐声。

45

他把他的刀剑当作他的上帝。
当他的刀剑胜利时他自己却失败了。

46

上帝从创造中找到他自己。

47

阴影戴上她的面幕,秘密地,温顺地,用她的沉默的爱的脚步,跟在"光"后边。

48

群星不怕显得像萤火虫那样。

49

谢谢上帝,我不是一个权力的轮子,而是被压在这轮下的活人之一。

50

心是尖锐的,不是宽博的,它执着在每一点上,却并不活动。

51

你的偶像委散在尘土中,这可证明上帝的尘土比你的偶像还伟大。

52

人在他的历史中表现不出他自己,他在历史中奋斗着露出头角。

53

玻璃灯因为瓦灯叫他做表兄而责备瓦灯,但当明月出来时,玻璃灯却温和地微笑着,叫明月为——"我亲爱的,亲爱的姊姊。"

54

我们如海鸥之与波涛相遇似的,遇见了,走近了。海鸥飞去,波涛滚滚地流开,我们也分别了。

55

日间的工作完了,于是我像一只拖在海滩上的小船,静静地听着晚潮跳舞的乐声。

56

我们的生命是天赋的,我们唯有献出生命,才能得到生命。

57

当我们是大为谦卑的时候,便是我们最近于伟大的时候。

58

麻雀看见孔雀负担着它的翎尾,替它担忧。

59

决不害怕刹那——永恒之声这样地唱着。

60

飓风于无路之中寻求最短之路,又突然地在"无何有之国"终止它的寻求了。

61

在我自己的杯中,饮了我的酒吧,朋友。
一倒在别人的杯里,这酒的腾跳的泡沫便要消失了。

62

"完全"为了对"不全"的爱,把自己装饰得美丽。

63

上帝对人说道:"我医治你,所以要伤害你,我爱你,所以要惩罚你。"

64

谢谢火焰给你光明,但是不要忘了那执灯的人,他是坚忍地站在黑暗当中呢。

65

小草呀,你的足步虽小,但是你拥有你足下的土地。

66

幼花开放了它的蓓蕾,叫道:"亲爱的世界呀,请不要萎谢了。"

67

上帝对于大帝国会生厌,却决不会厌恶那小小的花朵。

68

错误经不起失败,但是真理却不怕失败。

69

瀑布歌道:"虽然渴者只要少许的水便够了,我却很快活地给与了我全部的水。"

70

把那些花朵抛掷上去的那一阵子无休无止的狂欢大喜的劲儿,其源泉是在哪里呢?

71

樵夫的斧头,问树要斧柄。

树便给了他。

72

这寂独的黄昏,幕着雾与雨,我在我心的孤寂里,感觉到它的叹息了。

73

贞操是从丰富的爱情中生出来的资产。

74

雾,像爱情一样,在山峰的心上游戏,生出种种美丽的变幻。

75

我们把世界看错了,反说他欺骗我们。

76

诗人的风,正出经海洋和森林,求它自己的歌声。

77

每一个孩子生出时所带的神示说:上帝对于人尚未灰心失望呢。

78

绿草求她地上的伴侣。
树木求他天空的寂寞。

79

人对他自己建筑起堤防来。

80

我的朋友,你的语声飘荡在我的心里,像那海水的低吟之声,缭绕在静听着的松林之间。

81

这个不可见的黑暗之火焰,以繁星为其火花的,到底是什么呢?

82

使生如夏花之绚烂,死如秋叶之静美。

83

那想做好人的,在门外敲着门,那爱人的,看见门敞开着。

84

在死的时候,众多合而为一,在生的时候,这"一"化而为众多。
上帝死了的时候,宗教便将合而为一。

85

艺术家是自然的情人,所以他是自然的奴隶,也是自然的主人。

86

"你离我有多少远呢,果实呀?"
"我是藏在你的心里呢,花呀。"

87

这个渴望是为了那个在黑夜里感觉得到、在大白天里却看不见的。

88

露珠对湖水说道:"你,是在荷叶下面的大露珠,我是在荷叶上面的较小的露珠。"

89

刀鞘保护刀的锋利,它自己则满足于它的迟钝。

90

在黑暗中"一"视若一体,在光亮中,"一"便视若众多。

91

大地借助于绿草,显出她自己的殷勤好客。

92

绿叶的生与死乃是旋风的急骤的旋转,它的更广大的旋转的圈子乃是在天上繁星之间徐缓的转动。

93

权威对世界说道:"你是我的。"
世界便把权势囚禁在她的宝座下面。
爱情对世界说道:"我是你的。"
世界便给予爱情以在她屋内来往的自由。

94

浓雾仿佛是大地的愿望。
它藏起了太阳,而太阳乃是她所呼求的。

95

安静些吧,我的心,这些大树都是祈祷者呀。

96

瞬刻的喧声,讥笑着永恒的音乐。

97

我想起了浮泛在生与爱与死的川流上的许多别的时代,以及这些时代之被遗忘,我便感觉到离开尘世的自由了。

98

我灵魂里的忧郁就是她的新妇的面纱。

这面纱等候着在夜间卸去。

99

死之印记给生的钱币以价值;使它能够用生命来购买那真正的宝物。

100

白云谦逊地站在天之一隅。
晨光给他戴上了霞彩。

101

尘土受到损辱,却以她的花朵来报答。

102

只管走过去,不必逗留着去采了花朵来保存,因为一路上,花朵自会继续开放的。

103

根是地下的枝。
枝是空中的根。

104

远远去了的夏之音乐,翱翔于秋间,寻求它的旧垒。

105

不要从你自己的袋里掏出勋绩借给你的朋友,这是污辱他的。

106

无名的日子的感触,攀缘在我的心上,正像那绿色的苔藓,攀缘在老树的周身。

107

回声嘲笑着她的原声,以证明她是原声。

108

当富贵利达的人夸说他得到上帝的特别恩惠时,上帝却羞了。

109

我投射我自己的影子在我的路上,因为我有一盏还没有燃点起来的明灯。

110

人走进喧哗的群众里去,为的是要淹没他自己的沉默的呼号。

111

终止于衰竭的是"死亡",但"圆满"却终止于无穷。

112

太阳穿一件朴素的光衣。白云却披了灿烂的裙裾。

113

山峰如群儿之喧嚷,举起他们的双臂,想去捉天上的星星。

114

道路虽然拥挤,却是寂寞的,因为它是不被爱的。

115

权威以它的恶行自夸;落下的黄叶与浮游过的云片都在笑它。

116

今天大地在太阳光里向我嘤嘤哼鸣,像一个织着布的妇人,用一种已经被忘却的语言,哼着一些古代歌曲。

117

绿草是无愧于它所生长的伟大世界的。

118

梦是一个一定要谈话的妻子。
睡眠是一个默默地忍受的丈夫。

119

夜与逝去的日子接吻,轻轻地在耳旁说道:"我是死,是你的母亲。我就要给你以新的生命。"

120

黑夜呀,我感觉得你的美了,你的美如一个可爱的妇人,当她把灯灭了的时候。

121

我把在那些已逝去的世界上的繁荣带到我的世界上来。

122

亲爱的朋友呀,当我静听着海涛时,我有好几次在暮色深沉的黄昏里,在这个海岸上,感得你的伟大思想的沉默了。

123

鸟以为把鱼举在空中是一种慈善的举动。

124

夜对太阳说道:"在月亮中,你送了你的情书给我。"
"我已在绿草上留下我的流着泪点的回答了。"

125

伟人是一个天生的孩子,当他死时,他把他的伟大的孩提时代给了世界。

126

不是槌的打击,乃是水的载歌载舞,使鹅卵石臻于完美。

127

蜜蜂从花中啜蜜,离开时嘤嘤地道谢。
浮夸的蝴蝶却相信花是应该向他道谢的。

128

如果你不等待着要说出完全的真理,那末把话说出来是很容易的。

129

"可能"问"不可能"道:
"你住在什么地方呢?"
它回答道:"在那无能为力者的梦境里。"

130

如果你把所有的错误都关在门外时,真理也要被关在外面了。

131

我听见有些东西在我心的忧闷后面萧萧作响——我不能看见它们。

132

闲暇在动作时便是工作。
静止的海水荡动时便成波涛。

133

绿叶恋爱时便成了花。
花崇拜时便成了果实。

134

埋在地下的树根使树枝产生果实,却并不要求什么报酬。

135

阴雨的黄昏,风不休地吹着。
我看着摇曳的树枝,想念着万物的伟大。

136

子夜的风雨,如一个巨大的孩子,在不得时宜的黑夜里醒来,开始游戏,和喊叫起来了。

137

海呀,你这暴风雨的孤寂的新妇呀,你虽掀起波浪追随你的情人,但是无用呀。

138

文字对工作说道:"我惭愧我的空虚。"
工作对文字说道:"当我看见你时,我便知道我是怎样地贫乏了。"

139

时间是变化的财富,但时钟在它的游戏文章里却使它只不过是变化而没有财富。

140

真理穿了衣裳觉得事实太拘束了。
在想象中,她却转动得很舒畅。

141

当我到这里、到那里地旅行着时,路呀,我厌倦了你了,但是现在,当你引导我到各处去时,我便爱上你,与你结婚了。

142

让我设想,在群星之中,有一粒星是指导着我的生命通过不可知的黑暗的。

143

妇人,你用了你美丽的手指,触着我的器具,秩序便如音乐似地生出来了。

144

一个忧郁的声音,筑巢于逝水似的年华中。
它在夜里向我唱道——"我爱你。"

145

燃着的火,以他的熊熊之光焰禁止我走近他。
把我从潜藏在灰中的余烬里救出来吧。

146

我有群星在天上,
但是,唉,我屋里的小灯却没有点亮。

147

死文字的尘土沾着你。
用沉默去洗净你的灵魂吧。

148

生命里留了许多罅隙,从中送来了死之忧郁的音乐。

149

世界已在早晨敞开了它的光明之心。
出来吧,我的心,带了你的爱去与它相会。

150

我的思想随着这些闪耀的绿叶而闪耀着,我的心灵接触着这日光也唱了起来;我的生命因为偕了万物一同浮泛在空间的蔚蓝,时间的墨黑中,正在快乐着呢。

151

上帝的巨大的威权是在柔和的微飔里,而不在狂风暴雨之中。

152

在梦中,一切事都散漫着,都压着我,但这不过是一个梦呀,当我醒来时,我便将觉得这些事都已聚集在你那里,我也便将自由了。

153

落日问道:"有谁在继续我的职务呢?"
瓦灯说道:"我要尽我力之所能的做去,我的主人。"

154

采着花瓣时,得不到花的美丽。

155

沉默蕴蓄着语声,正如鸟巢拥围着睡鸟。

156

大的不怕与小的同游。
居中的却远而避之。

157

夜秘密地把花开放了,却让那白日去领受谢词。

158

权力认为牺牲者的痛苦是忘恩负义。

159

当我们以我们的充实为乐时,那末,我们便能很快乐地跟我们的果实分手了。

160

雨点与大地接吻,微语道,——"我们是你的思家的孩子,母亲,现在从天上回到你这里来了。"

161

蛛网好像要捉露点,却捉住了苍蝇。

162

爱情呀,当你手里拿着点亮了的痛苦之灯走来时,我能够看见你的脸,而且以你为幸福。

163

萤火对天上的星道:"学者说你的光明,总有一天会消灭的。"
天上的星不回答他。

164

在黄昏的微光里,有那清晨的鸟儿来到我的沉默的鸟巢里。

165

思想掠过我的心上,如一群野鸭飞过天空。
我听见它们鼓翼之声了。

166

沟洫总喜欢想:河流的存在,是专为着供给它水流的。

167

世界以它的痛苦同我接吻,而要求歌声做报酬。

168

压迫着我的,到底是我的想要外出的灵魂呢,还是那世界的灵魂,敲着我心的门,想要进来呢?

169

思想以它自己的言语喂养它自己,而成长起来。

170

我把我的心之碗轻轻浸入这沉默时刻中;它充满了爱了。

171

或者你在做着工作,或者你没有。
当你不得不说:"让我们做些事吧!"那末就要开始胡闹了。

172

向日葵羞于把无名的花朵看作她的同胞。
太阳升上来了,向它微笑,道:"你好么,我的宝贝儿?"

173

"谁如命运似地推着我向前走呢?"
"那是我自己,在身背后大跨步走着。"

174

云把水倒在河的水杯里,它们自己却藏在远山之中。

175

我一路走去,从我的水瓶中漏出水来。
只留着极少极少的水供我家里用。

176

杯中的水是光辉的;海中的水却是黑色的。
小理可以用文字来说清楚;大理却只有沉默。

177

你的微笑是你自己田园里的花,你的谈吐是你自己山上的松林的萧萧,但是你的心呀,却是那个女人,那个我们全都认识的女人。

178

我把小小的礼物留给我所爱的人——大的礼物却留给一切的人。

179

妇人呀,你用你的眼泪的深邃包绕着世界的心,正如大海包绕着大地。

180

太阳以微笑向我问候。
雨,它的忧闷的姊姊,向我的心谈话。

181

我的书间之花,落下它那被遗忘的花瓣。
在黄昏中,这花成熟为一颗记忆的金果。

182

我像那夜间之路,正静悄悄地听着记忆的足音。

183

黄昏的天空,在我看来,像一扇窗户,一盏灯火,灯火背后的一次等待。

184

太忙于做好事的人,反而找不到时间去做好事。

185

我是秋云,空空地不载着雨水,但在成熟的稻田中,看见了我充实。

186

他们嫉妒,他们残杀,人反而称赞他们。
然而上帝却害了羞,匆匆地把他的记忆埋藏在绿草下面。

187

脚趾乃舍弃了其过去的手指。

188

黑暗向光明旅行,但是盲者却向死亡旅行。

189

小狗疑心大宇宙阴谋篡夺它的位置。

190

静静地坐吧,我的心,不要扬起你的尘土。
让世界自己寻路向你走来。

191

弓在箭要射出之前,低声对箭说道——"你的自由是我的。"

192

妇人,在你的笑声里有着生命之泉的音乐。

193

全是理智的心,恰如一柄全是锋刃的刀。
叫使用它的人手上流血。

194

上帝爱人间的灯光甚于他自己的大星。

195

这世界乃是为美之音乐所驯服了的、狂风骤雨的世界。

196

夕照中的云彩向太阳说道:"我的心经了你的接吻,便似金的宝箱了。"

197

接触着,你许会杀害;远离着,你许会占有。

198

蟋蟀的唧唧,夜雨的淅沥,从黑暗中传到我的耳边,好似我已逝的少年时代沙沙地来到我梦境中。

199

花朵向失落了它所有的星辰的曙天叫道:"我的露点全失落了。"

200

燃烧着的木块,熊熊地生出火光,叫道——"这是我的花朵,我的死亡。"

201

黄蜂以邻蜂储蜜之巢为太小。
它的邻人要它去建筑一个更小的。

202

河岸向河流说道:"我不能留住你的波浪。"
"让我保存你的足印在我心里吧。"

203

白日以这小小地球的喧扰,淹没了整个宇宙的沉默。

204

歌声在空中感得无限,图画在地上感得无限,诗呢,无论在空中,在地上都是如此;
因为诗的词句含有能走动的意义与能飞翔的音乐。

205

太阳在西方落下时,它的早晨的东方已静悄悄地站在它面前。

206

让我不要错误地把自己放在我的世界里而使它反对我。

207

荣誉羞着我,因为我暗地里求着它。

208

当我没有什么事做时,便让我不做什么事,不受骚扰地沉入安静深处吧,一如那海水沉默时海边的暮色。

209

少女呀,你的纯朴,如湖水之碧,表现出你的真理之深邃。

210

最好的东西不是独来的。
他伴了所有的东西同来。

211

上帝的右手是慈爱的,但是他的左手却可怕。

212

我的晚色从陌生的树木中走来,它用我的晓星所不懂得的语言说话。

213

夜之黑暗是一只口袋,盛满了发出黎明的金光的口袋。

214

我们的欲望,把彩虹的颜色,借给那只不过是云雾的人生。

215

上帝等待着要从人的手上把他自己的花朵作为礼物赢得回去。

216

我的忧思缠扰着我,要问我它们自己的名字。

217

果实的事业是尊贵的,花的事业是甜美的,但是让我做叶的事业罢,叶是谦逊地专心地垂着绿荫的。

218

我的心向着阑珊的风,张了帆,要到无论何处的荫凉之岛去。

219

独夫们是凶暴的,但人民是善良的。

220

把我当作你的杯吧,让我为了你,而且为了你的人而盛满了水吧。

221

狂风暴雨像是那因他的爱情被大地所拒绝而在痛苦中的天神的哭声。

222

世界不会裂开,因为死亡并不是一个罅隙。

223

生命因为付出了爱情,而更为富足。

224

我的朋友,你伟大的心闪射出东方朝阳的光芒,正如黎明中一个积雪的孤峰。

225

死之流泉,使生的止水跳跃。

226

那些有一切东西而没有您的人,我的上帝,在讥笑着那些没有别的东西而只有您的人呢。

227

生命的运动在它自己的音乐里得到它的休息。

228

踢足只能从地上扬起灰尘而不能得到收获。

229

我们的名字,便是夜里海波上发出的光,痕迹也不留地就泯灭了。

230

让睁眼看着玫瑰花的人也看着它的刺。

231

鸟翼上系上了黄金,这鸟便永不能再在天上翱翔了。

232

我们地方的荷花又在这里陌生的水上开了花,放出同样的清香,只是名字换了。

233

在心的远景里,那相隔的距离显得更广阔了。

234

月儿把她的光明遍照在天上,却留着她的黑斑给她自己。

235

不要说:"这是早晨了。"别用一个"昨天"的名词把它打发掉。把它当作第一次看到的还没有名字的新生孩子吧。

236

青烟对天空夸口,灰烬对大地夸口,都以为它们是火的兄弟。

237

雨点向茉莉花微语道:"把我永久地留在你的心里吧。"
茉莉花叹息了一声,落在地上了。

238

腼腆的思想呀,不要怕我。
我是一个诗人。

239

我的心在朦胧的沉默里,似充满了蟋蟀的鸣声——那灰色的微明的歌声。

240

爆竹呀,你对于群星的侮蔑,又跟了你自己回到地上来了。

241

您曾经带领着我,穿过我的白天的拥挤不堪的旅行,而到达了我的黄昏的孤寂之境。

在通宵的寂静里,我等待着它的意义。

242

我们的生命就似渡过一个大海,我们都相聚在这个狭小的舟中。

死时,我们便到了岸,各往各的世界去了。

243

真理之川从他的错误之沟渠中流过。

244

今天我的心是在想家了,在想着那跨过时间之海的那一个甜蜜的时候。

245

鸟的歌声是曙光从大地反响过去的回声。

246

晨光问毛茛道:"你是不是骄傲得不肯和我接吻么?"

247

小花问道:"我要怎样地对你唱,怎样地崇拜你呢,太阳呀?"
太阳答道:"只要用你的纯洁的简朴的沉默。"

248

当人是兽时,他比兽还坏。

249

黑云受光的接吻时便变成天上的花朵。

250

不要让刀锋讥笑它柄子的拙钝。

251

夜的沉默,如一个深深的灯盏,银河便是它燃着的灯光。

252

死像大海的无限的歌声,日夜冲击着生命的光明岛的四周。

253

花瓣似的山峰在饮着日光,这山岂不像一朵花吗?

254

"真实"的含义被误解、轻重被倒置,那就成了"不真实"。

255

我的心呀,从世界的流动中,找你的美吧,正如那小船得到风与水的优美似的。

256

眼不以能视来骄人,却以它们的眼镜来骄人。

257

我住在我的这个小小世界里,生怕使它再缩小一丁点儿了。把我抬举到您的世界里去吧,让我有高高兴兴地失去我的一切的自由。

258

虚伪永远不能凭借它生长在权力中而变成真实。

259

我的心,同着它的歌的拍子拍舐岸的波浪,渴望着要抚爱这个阳光煦和的绿色世界。

260

道旁的草,爱那天上的星吧,那末,你的梦境便可在花朵里实现了。

261

让你的音乐如一柄利刃,直刺入市井喧扰的心中吧。

262

这树的颤动之叶,触动着我的心,像一个婴儿的手指。

263

小花睡在尘土里。
它寻求蛱蝶走的道路。

264

我是在道路纵横的世界上。
夜来了。打开您的门吧,家之世界啊。

265

我已经唱过了您的白天的歌。
在黄昏时候,让我拿着您的灯走过风雨飘摇的道路吧。

266

我不要求你进我的屋里。
你且到我无量的孤寂里吧,我的爱人!

267

死之隶属于生命,正与出生一样。
举足是在走路,正如放下足也是在走路。

268

我已经学会了你在花与阳光里微语的意义——再教我明白你在苦与死中所说的话吧。

269

夜的花朵来晚了,当早晨吻着她时,她战栗着,叹息了一声,萎落在地上了。

270

从万物的愁苦中,我听见了"永恒母亲"的呻吟。

271

大地呀,我到你岸上时是一个陌生人,住在你屋内时是一个宾客,离开你的门时是一个朋友。

272

　　当我去时,让我的思想到你那里来,如那夕阳的余光,映在沉默的星天的边上。

273

　　在我的心头燃点起那休憩的黄昏星吧,然后让黑夜向我微语着爱情。

274

　　我是一个在黑暗中的孩子。
　　我从夜的被单里向你伸出我的双手,母亲。

275

　　白天的工作完了。把我的脸掩藏在您的臂间吧,母亲。让我做梦。

276

　　集会时的灯光,点了很久,会散时,灯便立刻灭了。

277

　　当我死时,世界呀,请在你的沉默中,替我留着"我已经爱过了"这句话吧。

278

我们在热爱世界时便生活在这世界上。

279

让死者有那不朽的名,但让生者有那不朽的爱。

280

我看见你,像那半醒的婴孩在黎明的微光里看见他的母亲,于是微笑而又睡去了。

281

我将死了又死,以明白生是无穷无竭的。

282

当我和拥挤的人群一同在路上走过时,我看见您从阳台上送过来的微笑,我歌唱着,忘却了所有的喧哗。

283

爱就是充实了的生命,正如盛满了酒的酒杯。

284

他们点了他们自己的灯,在他们的寺院内,吟唱他们自己的话语。

但是小鸟们却在你的晨光中,唱着你的名字——因为你的名字便是快乐。

285

领我到您的沉寂的中心,使我的心充满了歌吧。

286

让那些选择了他们自己的焰火丝丝的世界的,就生活在那里吧。
我的心渴望着您的繁星,我的上帝。

287

爱的痛苦环绕着我的一生,像汹涌的大海似地唱着,而爱的快乐却像鸟儿们在花林里似地唱着。

288

假如您愿意,您就熄了灯吧。
我将明白您的黑暗,而且将喜爱它。

289

当我在那日子的终了,站在您的面前时,您将看见我的伤疤,而知道我有我的许多创伤,但也有我的医治的法儿。

290

总有一天,我要在别的世界的晨光里对你唱道:"我以前在地球的光里,在人的爱里,已经见过你了。"

291

从别的日子里飘浮到我的生命里的黑云,不再落下雨点或引起风暴了,却只给予我的夕阳的天空以色彩。

292

真理引起了反对它自己的狂风骤雨,那场风雨吹散了真理的广播的种子。

293

昨夜的风雨给今日的早晨戴上了金色的和平。

294

真理仿佛带了它的结论而来;而那结论却产生了它的第二个。

295

他是有福的,因为他的名望并没有比他的真实更光亮。

296

您的名字的甜蜜充溢着我的心,而我忘掉了我自己的——就像您的早晨的太阳升起时,那大雾便消失了。

297

静悄悄的黑夜具有母亲的美丽,而吵闹的白天具有孩子的美。

298

当人微笑时,世界爱了他。当他大笑时,世界便怕他了。

299

上帝等待着人在智慧中重新获得童年。

300

让我感到这个世界乃是您的爱的成形吧,那末,我的爱将帮助着它。

301

您的太阳光对着我的心头的冬天微笑着,从来不怀疑它的春天的花朵。

302

上帝在他的爱里吻着"有涯",而人却吻着"无涯"。

303

您横越过不毛之地的沙漠而到达了圆满的时刻。

304

上帝的静默使人的思想成熟而为语言。

305

"永恒的旅客"呀,你可以在我的歌中找到你的足迹。

306

让我不至羞辱您吧,父亲,您在您的孩子们身上显现出您的光荣。

307

这一天是不快活的,光在蹙额的云下,如一个被打的儿童,在灰白的脸上留着泪痕,风又叫号着似一个受伤的世界的哭声。但是我知道我正跋涉着去会我的朋友。

308

今天晚上棕榈叶在嚓嚓地作响,海上有大浪,满月啊,就像世界在心脉悸跳。从什么不可知的天空,您在您的沉默里带来了爱的痛苦的秘密?

309

我梦见了一颗星,一个光明的岛屿,我将在那里出生,而在它的快速的闲暇的深处,我的生命将成熟它的事业,像在秋天的阳光之下的稻田。

310

雨中的湿土的气息,就像从渺小的无声的群众那里来的一阵子巨大的赞美歌声。

311

说爱情会失去的那句话,乃是我们不能够当作真理来接受的一个事实。

312

我们将有一天会明白,死永远不能够夺去我们的灵魂所获得的东西,因为她所获得的,和她自己是一体。

313

上帝在我的黄昏的微光中,带着花到我这里来。这些花都是我过去之时的,在他的花篮中,还保存得很新鲜。

314

主呀,当我的生之琴弦都已调得谐和时,你的手的一弹一奏,都可以发出爱的乐声来。

315

让我真真实实地活着吧,我的上帝,这样,死对于我也就成了真实的了。

316

人类的历史很忍耐地在等待着被侮辱者的胜利。

317

我这一刻感到你的眼光正落在我的心上,像那早晨阳光中的沉默落在已收获的孤寂的田野上一样。

318

我渴望着歌的岛屿立在这喧哗的波涛起伏的海中。

319

夜的序曲是开始于夕阳西下的音乐,开始于它难以形容的黑暗的庄严的赞歌。

320

我攀登上高峰,发现在名誉的荒芜不毛的高处,简直找不到遮身之地。我的导引者啊,领导着我在光明逝去之前,进到沉静的山谷里去吧,在那里,生的收获成熟为黄金的智慧。

321

在这个黄昏的朦胧里,好些东西看来都有些幻象——尖塔的底层在黑暗里消失了,树顶像墨水的斑点似的。我将等待着黎明,而当我醒来的时候,就会看到在光明里的您的城市。

322

我曾经受苦过,曾经失望过,曾经体会过"死亡",于是我以我在这伟大的世界里为乐。

323

在我的一生里,也有贫乏和沉默的地域。它们是我忙碌的日子得到日光与空气的几片空旷之地。

324

我的未完成的过去,从后边缠绕到我身上,使我难于死去,请从它那里释放了我吧。

325

"我相信你的爱。"让这句话做我最后的话。

郑振铎　译

游思集

I

1

你抑郁的卷向前去,永恒的游思,在你无形的冲击下,周围死水般的空间激起了粼粼的光波。

是不是你的心已经迷失给那在无边的寂寞里向你呼唤的爱人?

是不是就因为你这样倥偬迫促,你的纠结的发辫才散作暴风雨般的纷乱,那宛如从碎裂的项链上掉落下来的火珠,才沿着你的道路滚走?

你的迅疾的步履,把这世界的尘土吻成甜美,扫开了一切朽废之物;暴风雨密集在你舞蹈的四肢里,摇落了那洒泼在生命之上的死亡的圣霖,使生命更新生长。

若是你在那突然袭来的厌倦中,作片刻的停留,也许这世界就会隆隆地滚成一团,成为一种障碍,阻挠自己的前进,甚至那最细小的尘埃,也会因无法忍受的压抑而划破无垠的天空。

光明的脚镯围着你的双足摇动,这不可窥见的双足,以它们的节奏唤醒了我的思想。

它们在我的心的律动里回响,也在我的血液里激起了古代海洋的赞颂。

我听见轰雷般的洪水冲击着我的生命,从这个世界冲向另一个世界,卷成一个形体又一个形体,在滔滔不绝的赐予的浪花中,在悲叹和欢歌声中,把我的身体驱散开去。

浪潮高卷,劲风怒号,这一叶小舟迎风舞蹈,像你的愿望一样,我的心!

把积储的东西委弃在岸上吧,在这深不可测的黑暗之上,向着无限的光明扬帆前进。

3

在暮色渐浓的时候,我问她:"我来到了一个什么陌生的地方?"

她只垂下眼睛;当她走开的时候,清水在她的水罐口汩汩作响。

树林迷蒙地垂挂在河边,田野仿佛已经属于往昔。

流水默默无声,竹林忧郁地一动不动,一只手镯在水罐上敲出的丁当声,从小巷里传来。

不要再划了,把船儿拴在这棵树上,——因为我爱这片田野的景色。

晚星沉落到庙殿的后面去了,埠头上大理石石级的苍白色,缠住了黝黑的流水。

淹留的旅人在叹息;因为从那掩藏的窗户里射出的灯光,被路边交织的树林和灌木撕成了一片黑暗。那只手镯还在水罐上丁当的响,归去的步履还在落叶遍地的小巷里窸窣。

夜色渐深,宫殿的高塔像幽灵一般阴森森地显现出来,市镇在困疲地呻吟。

不要再划了,把船儿拴在树上。

让我在这陌生的地方憩息,朦胧地躺在星光下面,在这黑暗因手镯在水罐上敲出丁当的声音而颤动的地方。

4

哦,若是我心里藏着一个秘密,像夏云里没有滴落的雨珠——一个掩藏在静默之中的秘密,我就能带着它飘游异乡。

哦,若是我能有一个可以听我柔声低语的人,在这沉睡于阳光之中的树林下,滞缓的流水在潺潺作响的地方。

今天黄昏的这种沉默,似乎在期待着一声足音,可是你却问我为什么流泪。

我说不出我为什么要哭泣,因为这还是一个我所不能知道的秘密。

7

对于你,小花朵儿,我好像就是黑夜。

我只能给予你安宁和隐藏在黑暗里的不眠的静谧。

当你在清晨睁开眼睛的时候,我要把你留给一个蜜蜂嘤鸣、鸟声婉转的世界。

我送给你的最后的礼物,将是一滴注入你的青春深处的泪珠;它将使你的微笑变得更加甜蜜,而在岁月的严峻的欢愉中,也将掩去你的娇容。

9

假若在迦梨陀娑①是皇帝的诗人的时候,我能住在邬阇衍那皇城②的话,我也许会熟识玛尔瓦姑娘,让我的思想充满了她那音乐般的芳名。她也许会透过她的眼帘的斜影向我睇视,任素馨花攀住她的面纱,好让她在我身边逗留。

这件事情发生在往昔,而这往昔已经被时间的枯叶掩没了踪迹。

为了那些做着捉迷藏游戏的日子,学者们今天在争论不休。

我决不伤心迷梦于那些已经风流云散的年代,但是我为那随岁月俱逝的玛尔瓦姑娘们再三叹息!

我不知道,那些随着皇帝的诗人的诗歌一起颤动的日子,被她们用花篮带到哪一重天去了?

---

① 迦梨陀娑,古代印度最伟大的诗人,相传为超日王的"宫廷九宝"之一。著名作品有《鸠摩罗出世》(叙事诗)、《云使》(抒情诗)、《沙恭达罗》、《妩尔娃希》(剧本)等。其生平事迹已无从考证。目前一般学者把他视作旃陀罗芨多王朝时代的人物,约当公元四世纪到五世纪。

② 邬阇衍那,亦译作"优禅尼",为旃陀罗芨多二世的首都。

今天早晨，隔开了我因为生得太晚而不能相见的人们，它重重地压在我的心头，使我心酸。

然而，四月依旧带来了她们曾经用来装饰鬓发的同样的鲜花，而在今天的玫瑰花上低语的南风，也是曾经吹拂过她们的面纱的同样的南风。

说真的，今年的春天，并不缺少欢乐，虽然迦梨陀娑已不再歌唱；而且我知道，若是他从诗人的乐园里看到我，他有理由妒忌我。

10

你别眷念她的心，我的心啊，你把它留在黑暗里。

假若美丽的只是她的秀姿，微笑的只是她的脸，那又该怎样呢？让我毫不犹豫的领受她那秋波里的单纯的意义，而感觉幸福。

若是她的双臂围绕着我，只是一张虚幻的网，我也决不介意，因为罗网是华贵而稀珍的，而欺骗也可以付之一笑而淡忘。

你别眷念她的心，我的心啊，若是这乐曲尚不失其真实，纵然言词不足为信，你也该心满意足；你且欣赏她那如百合在粼粼的、迷人的水面上舞蹈的优美，不管水底会藏着什么。

11

你不是母亲，不是女儿，也不是新娘，雨尔伐希①。你是女人，是蛊惑天国神灵的女人。

当步履困乏的黄昏，降落到羊群已经归来的栏边时，你欣喜这黑暗的时刻如此神秘，从不剔亮屋里的灯火；你走向新婚的睡榻，也从不心乱，或在唇边含一丝犹豫的微笑。

你像是黎明，你不戴面纱，雨尔伐希，你没有一丝羞涩。

谁能想象出那创造你的惨痛迸溢的光芒！

你在第一个春天的第一天，右手擎着生命之杯，左手执著鸩酒，从奔腾的海上升起。那凶暴的海洋暂时平息，宛如一条着魔的巨蛇，在你的双足

---

① 乐园里自海上升起的舞蹈女郎。

之前放下了它的千条的头巾。

你那纤尘不染的光彩,从海沫之上升起,纯白而又袒露,像一朵素馨花。

难道你永远是这样纤小、羞怯,永远是这样含苞欲放的吗?雨尔伐希,哦,你这永远的青春!

难道你在宝石的奇光异彩照耀着珊瑚、贝壳和梦影般的动物的地方,以湛蓝的夜作为你的摇篮,一直睡到白天显露出你那万般富丽的花朵吗?

你为古往今来所有的人所钟爱,雨尔伐希,哦,你这层出不穷的奇迹!

在你双睛的顾盼之下,世界因青春的苦痛而悸动,苦行的修士在你的脚边放下了他的朴素的果实,诗人的歌曲围拥在你的芳香馥郁的身边低吟。你的纤足如在无所顾虑的喜悦中倏然疾走,那金铃的丁当声甚至刺痛了空虚的微风的心。

你在众神的面前舞蹈,把新奇的韵律的轨道都扫荡一空,雨尔伐希,大地在因你而颤抖,青草绿叶和秋天的原野在起伏摇荡;海洋汹涌澎湃,化为一片韵律的狂涛;繁星落入天空——那是从你胸前跳跃着的项圈上断落下来的珍珠;血液因为突然袭来的骚动而在人们的心里跳跃。

你是从天国沉睡的高峰上第一个醒来的人,雨尔伐希,你把天空激动得惴惴不安。世界以她的眼泪来沐浴你的四肢,以她的心的鲜血的颜色来染红你的双足,你轻盈地栖立在迎波摇舞的欲望的莲花之上,雨尔伐希;你永远在那浩渺无边的心灵中嬉戏,尽管那儿有上帝的噩梦。

12

你像湍急而曲折的小河,且笑且舞,在你向前奔流的时候,你的步履唱出了歌声。

我像崎岖而峻峭的河岸,噤口无言的兀立着,忧郁地凝视着你。

我像庞大而愚蠢的风暴,蓦地轰然而至,想撕碎自己的躯体,裹之以激情的漩涡,漂流四散。

你像玲珑而犀利的闪电，刺穿了浑然一片的黑暗的心，然后消失在一声大笑的活泼的光带里。

14

你将不以你脸上滞留未去的怜悯的神色来等待我，这使我感到欣喜。

那不过是因为夜的咒语和我的告别的话，它们惊怵于自己的失望的声调，才使我的眼眶噙着如许的泪水。但天色终将破晓，我的心和眼睛也终将干涸，那时就再也不能哭泣。

谁说难以相忘呢？
死的仁慈潜伏在生命的核心，给生命带来安息，使它不再愚蠢的坚持生存。

暴风雨的海洋，终于在它的摇篮中暂时宁息；森林的大火，在自己灰烬的床上沉入梦乡。

你和我就要别离，而这离异将淹没于在阳光里欢笑的绿草和繁花之下。

16

我暂时忘记了我自己，所以我来了。

但请抬起你的眼睛，让我看你的眼睛是否还残留着往日的影子，像天边那片被夺去了雨珠的苍白色的云。

请暂时容忍我，若是我忘记了自己。

玫瑰还含苞未放；它们还不知道，今年夏天为什么我们忘记了采集鲜花。

晨星怀着同样忐忑不安的缄默；曙光被那覆盖着你的窗户的树枝绊住，就像在过去的日子一样。

我暂时忘记了时光的流迁，所以我来了。

我记不起在我袒露我的心的时候，你是否转过头去，使我羞惭无已。

我只记得那滞留在你颤抖的唇边的话语；我记得在你的乌黑的眼睛里的热情卷扫的影子，像那在暮色中寻找归巢的倦鸟的翅膀。

我忘记了你已不再忆起我，所以我来了。

17

雨下得正急。河水汹涌嘶鸣，在舔吻和吞食着小岛。在愈变愈小的岸边，我独自厮守着一堆谷子。

从对岸的阴影里划来一只小船，一个女人在船艄掌舵。

我向她喊道："饥饿的水在围卷着我的小岛，划到这儿来吧，把我一年的收获载去。"

她来了，把我所有的谷子拿得一粒不剩；我央求她把我载走。

但是她说，"不"——船儿已经载满了我的礼物，再没有我容身的余地。

19

河的这边没有埠头，姑娘们都不到这里来汲水；沿河的田野密密的长满了矮小的荆棘；一群絮聒的沙立克鸟在峻峭的河堤上挖土筑巢；在河堤皱眉蹙额的神色之下，渔船找不到荫庇的地方。

你坐在这人迹罕到的绿草地上，清晨在逝去。告诉我，你在这干燥坼裂的岸边做什么？

她凝视着我的脸说："不，不做什么。"

在河这边的岸滩荒凉而且冷落，没有一只牛羊到这里来饮水。只有几头从村子里走失出来的山羊，整天在嚼食着疏落的青草，那孤独的水鹰，从斜欹在泥地上的一棵连根拔起的菩提树上张望着。

你独自坐在那儿，在那棵希摩尔树的吝啬的阴影下。清晨正在逝去。

告诉我，你在等谁呢？

她凝视着我的脸说："不，我不等谁！"

21

I

"你这样不停的准备着这些东西是为了什么?"——我对心灵说——"有人要来吗?"

心灵回答说:"我正在采集东西,建筑高楼大厦,忙得不可开交,我没有空来回答这样的问题。"

我温顺的走回去重新干我的工作。

等到东西已经积成一堆,它那座大厦的七座翼殿已经盖好,我对心灵说:"这样还不够吗?"

心灵开口说:"还不够容纳——"说着又打住了。

"容纳什么?"

心灵装作没有听见。

我怀疑心灵自己也不知道,所以才用不断的工作来掩盖疑问。

它的一句口头禅是:"我还得多准备一点儿。"

"为什么你一定要这样呢?"

"因为它是伟大的。"

"什么是伟大的?"

心灵又不响了。我强迫着要它回答。

心灵含着轻蔑和愠怒说:"为什么要追问那些并不存在的东西呢?去注意那些在你面前的巨大的事物——格斗和战争,部队和军火,砖瓦和臼炮,还有那些数不尽的劳动者。"

我想:"也许心灵是聪明的。"

II

日子一天天地过去。大厦的翼殿造得越来越多——它的领域也越来越大了。

雨季过去了。乌云变得苍白而轻淡,在雨水洗过的天空里,阳光照耀的时刻,像粉蝶在一朵看不见的鲜花上飞舞。我痴迷迷的向我遇见的每一个人询问:"在微风里的是什么音乐呀?"

一个流浪汉在路上行走,他的衣衫像他的举止一样狂野;他说:"听,那降临的音乐!"

我不知道我为什么竟会听信他的话,但是话却从我嘴里冲出:"我们不用等多久了。"

"近在眼前了,"这个疯子说。

我回到我的工作岗位,大胆的向心灵说:"停止一切工作吧!"

心灵问道:"你听到消息了吗?"

"是的,"我回答说,"那降临的消息。"但是我不知道怎样解释。

心灵摇着头说:"没有旗幡,也没有华贵的仪仗!"

Ⅲ

夜色将尽,天空里星光惨淡。突然晨曦的试金石把万物都染成一片金黄。一声众口传呼的叫喊——

"使者来了!"

我俯首问道:"他来了吗?"

回答仿佛从四面八方涌来,"是呀。"

心灵懊恼地说:"我的大厦的圆顶还没有盖好,一切都还是乱糟糟的。"

天空里传来一声话音:"把你的大厦推倒吧!"

"可是为什么呢?"心灵问。

"因为今天是降临的日子,而你的大厦却挡住了道路。"

Ⅳ

巍峨的大厦坍倒在尘土里,一切都零乱而又破碎。

心灵四面张望。可是还能看到什么呢?

只有晨星和沐洗在朝露中的百合。

此外还有什么呢? 一个孩子大声笑着从母亲的怀里跑到屋子外面的阳光下。

"难道仅仅为了这个,他们就说这是降临的日子吗?"

"是的,他们就因为这个,才说空中有音乐奏鸣,天上有光芒闪现。"

"难道他们所要求于这整个世界的,就是这个吗?"

"是的,"传来这样的回答,"心灵,你是筑起了高墙来禁锢自己。你那些仆人也是在辛辛苦苦的奴役自己;但是这整个大地和无垠的空间却是为了这个孩子,这个新的生命。"

"那孩子给你带来了什么呢?"

"整个世界的希望和它的喜悦。"

心灵问我:"诗人,你懂得他的话吗?"

"我抛开了我自己的工作,"我说,"就因为我必须要有时间来理解。"

Ⅱ

1

你在这大千世界里变幻不息,华丽多姿的姑娘。你的香径铺满了光华,你的轻触颤成了朵朵鲜花;你那飘曳的裙袂,在繁星中卷起了一阵舞蹈的旋风,而你那美妙的音乐,透过一切符号和色彩,从浩渺的天际传来。

在深不可测的灵魂的静寂里,你孤零零地孑身独处,沉静而寂寞的姑娘,你是一个光影颤摇的幻象,一朵绽开在爱情的茎枝之上的孤独的莲花。

3

我记得那一天。

滂沱的大雨逐渐减弱成断续的阵雨,一阵阵乍起的疾风又把它从第一次的平息中惊起。

我拿起了我的乐器。我漫不经心地拨弄琴弦,最后连我自己也不知道怎的,琴音里渗入了雷雨的狂飙的节奏。

我看见她悄悄地放下了活儿,停留在我的门口,但又踏着踌躇的步子退去。她重又走回来,倚着墙壁站在门外,接着慢慢地走进屋子坐了下来。她低着头儿默默的挑着针线,但是不久她停下针黹,穿过雨帘凝眸定视着窗外模糊的树影。

只有这一个回忆——充满了浓阴、歌声和沉寂的雨天中午的一段时光。

4

当她登车离去的时候,她回过头来,投给我一个急促的告别的眼波。

这是她给我的最后的礼物。但是我能把它珍藏在什么地方,才可以逃过那践踏的时光?

难道黄昏必须卷走这一线惨痛的微光,正如它必须卷走夕阳的最后一道闪光?

难道它就该让雨水冲走,仿佛从伤心的花朵里冲走它那珍藏的花粉?

把帝王的荣华和豪富的财产留给死亡吧。但是眼泪就不能把这个在激情的刹那间投来的眼波永远保持新鲜吗?

"请把它留给我,"我的歌曲说,"我决不触摸帝王的荣华或是豪富的财产,但是这些区区的微物永远是属于我的。"

6

我就要走了;她还是默默无语。但是从一阵微微的战栗里,我觉得她的渴切的双臂似乎想说:"啊,不,时间还没有到呀。"

我常听见她那双恳求的纤手,在一次碰触中发出声音,虽然它们并不知道自己说的是什么。

我知道那两只手臂在期期艾艾的说话。那时,如果不是这样的话,它们也许会化作一只青春的花环,戴在我的颈项上。

它们的这些细微的动作,在寂静时分的隐蔽下,回到记忆里;它们像逃学的儿童,淘气地泄露了她过去向我隐瞒的秘密。

7

我的歌曲像一群蜜蜂;它们在空中追蹑你的芳香的踪迹——一丝属于你的记忆,围绕着你的娇羞,嗡嗡的飞鸣,渴求那深藏的蜜。

黎明的清新浸没在阳光里,空气凝重而低沉的垂挂在中午的天空,森林静寂无声,这时候,我的歌曲飞回家来,它们的疲倦的翅膀上沾满了黄金的粉末。

9

我想假如在来生,当我们在那遥远的世界上行走时,能再相逢的话,我将无限惊奇地停下步来。

我将看见那双乌黑的眼睛,在那时候已变成晨星,但是我也将觉察出它们曾经属于前世的一个渺不可忆的夜空。

我将恍悟你的面容的魅力,并不完全是它自己的所有物,而是在一次渺不可忆的会见中,偷取了我眼睛里的热情的光芒,又从我的爱情里采走了一种它现在已经忘记了自己的本源的神秘。

10

放下你的琵琶吧,我的爱,让你的双臂来拥抱我。

让你的触摸,把我满溢的心儿带向我身体的最边缘。

你别垂下头去,也别把你的脸儿转开,但请你给我一个吻,一个像长久幽闭在蓓蕾里的花香般的吻。

你别用虚妄的言语来窒息这一刻时光,但请让我们俩的心,在宁静的激流中一起摇荡,把所有的思想都卷向无边的喜悦。

11

你以你的爱使我伟大,虽然我不过是许多随波逐流的俗人中间的一个,颠沛在世间浮沉无常的恩宠中。

在古往今来的诗人呈献贡礼的地方,在拥有不朽之名的恋人、遥隔不同的时代互相寒暄问好的地方,你给我安置了一个座位。

市集上,人们在我面前匆匆经过——他们绝没有看出我的身体因着你的爱抚而变为珍宝,他们也不知道我的身体里怎样承载着你的吻,犹如太阳在自己的球体里,承载着神火而永世普照。

12

我的心像一个把各种玩具都推开的烦躁的孩子,今天对我所提出的每一句话都摇头说:"不,不是这个。"

然而言语,在它们的模糊的苦痛之中,萦绕着我的心胸,像漂浮在山巅的流云,等待那偶然吹来的疾风,为它们卸去雨水的负担。

但是抛开这些徒劳无益的努力吧,我的灵魂,因为在黑暗里,静默会使它自己的音乐成熟。

我的生命,今天好像一个正在举行着忏悔礼的教堂,在这里,泉水不敢流动,也不敢低语。

这不是你跨过大门的时候,我的爱;只要想起你脚镯的铃铛在路上丁当,花园的回音就要感到害羞。

它们知道明天的歌曲,今朝犹含苞未放,假如看见你走过去,它们也许不得不破碎它们还没有成熟的心儿。

13

你是从哪儿带来这份不安的,我的爱?

让我的心接触你的心,把痛苦从你的沉默里吻去。

黑夜从它的深处抛出这一刻短暂的时光,使爱情能够在这重重紧闭的门扉之内,筑起一个新的世界,而且用这一盏孤灯来照明。

我们只有这根唯一的芦管是我们的乐器,我们的两对嘴唇得轮流吹奏才行——我们只有一只花环做我们的花冠,我得把它在你的额上戴过以后,才用它来绾住我的鬓发。

把我胸前的薄纱揭去吧,我将在地上铺设我们的睡床;这样,一个吻,一夜欢愉的睡梦,就会填满我们这个微小而无边际的世界。

14

我已经把我所有的一切给予了你,我只留下这一张最袒露的矜持的薄纱。

这张薄纱太薄了,你对它暗暗的微笑,使我感到害羞。

春风不知不觉的把它卷走,我自己心的颤抖也在推动它,像波浪推动泡沫。

我的爱,假若我保留这片疏远的薄雾来围绕我自己,你不要悲伤。

我的这种脆薄的矜持,不仅是女人的羞怯,也是一枝纤弱的花茎,在这枝花茎上,我那自愿委从的花朵,以无语的温婉弯身向着你。

15

今天我穿上了这件新衣,因为我的身体想放声歌唱。我只一次就把我永远地给予了我的爱,这是不够的,我应该通过这种给予,每天献出新的礼物;我穿起了这身新衣,我不就像一个新的礼物了吗?

我的心像那黄昏的天空,对色彩怀着无限的热爱,因此我更换我披戴的面纱,它们时而绿得像清凉幼嫩的草叶,时而绿得像冬天的禾谷。

今天我的衣服染成天空镶饰着雨云时的蓝色。它给我的四肢带来了浩瀚的大海和异域的群山的颜色；它在它的褶裥里载着夏云在风中飞翔的喜悦。

16

我想我愿意用爱情自己的颜色，来写出爱情的词句；但是它们深深的藏在我的心里，而眼泪却又是苍白无色。

朋友，若是这些词句没有颜色，你会领会它们的意思吗？

我想我愿意按着爱情自己的曲调，来唱出爱情的歌词，但声音只是在我的心里，我的眼睛却又是默默无语。

朋友，若是歌不成调，你会领会它们的意思吗？

17

在夜晚的时候，歌声向我飘来，可是你已经不在那儿。

它找到了我整天在寻找的词句。是啊，就在天黑以后的那一瞬息的静寂里，这些词句颤成一片音乐，它们正如星星一般，在这时候开始光芒闪烁；可是你已经不在那儿。我原想在清晨把这首歌词唱给你听，但是当你在我的身边的时候，任凭我怎样尝试，虽然音乐来了，歌词却畏缩不前。

18

夜深了，将熄的火焰在灯里摇曳。

我忘记注意，黄昏——像一个在河边盛满了这一天最后一罐水的农家姑娘——是在什么时候关上了她的柴扉的。

我是在给你说话，我的爱，我的心灵几乎觉察不到我的声音——告诉我，这里面有什么涵义吗？它有没有从那生命的界线之外为你带来什么信息？

至于现在，自从我的声音消寂以后，我感到黑夜正因着那瞠目惊视着自己喑哑的深渊的思想而在悸动。

19

当我们俩第一次相见的时候，我的心响出了音乐："那长在远方的她，永远在你的身边。"

如今音乐已经寂灭,因为我已经惯于相信我的爱确实在我的左右,我已经忘记她同时也在遥远的远方。

音乐充满了两个心灵之间无垠的空间。可是我们日常习俗的浓雾却把这一切都掩没了。

在羞涩的夏夜,当微风从静寂中带来浩大的低语声时,我起坐床上,为我失去了那在我身边的她而悲悼。我问自己:"什么时候我再能有机会向她低声诉说那有永恒的韵律的话语呢?"

从你的慵懒里醒来吧,我的歌曲,你撕破这层熟识的帷幕,怀着我们第一次会见的无限的惊喜,飞到我的爱人那儿去!

21

父亲参加了葬仪回来了。

他的七岁的儿子站在窗前,颈项下挂着一片金黄的护符,他睁大了眼睛,充满了他小小的年纪难于索解的思想。

他的父亲把他搂在怀里,但是孩子问父亲说:"妈妈到哪儿去了?"

"到天国里去了,"他的父亲指着天空回答说。

到了夜里,父亲悲痛倦颓,在睡梦中呻吟。

一盏孤灯在卧室的门边荧荧的燃着,一只蜥蜴在墙上捕捉飞蛾。

孩子从梦中醒来,他用双手摸索着空床,悄悄地爬下床来,走到门外的平台上。

孩子抬眼望着天空,他静静地凝望了好久。他那迷惑的心灵把疑问送向黑夜:"天国在哪儿?"

没有一声回答:只有星星仿佛像那无知的黑暗的一滴滴灼热的泪珠。

22

在夜色将尽的时候,她走了。

我的心想安慰我,说:"一切都是虚妄的。"

我恼怒地说:"那封写着她的名字的没有打开的信,还有这把她亲手用红绸滚边的芭蕉扇,难道这些都不是真实的吗?"

一天过去了,我的朋友走来对我说:"凡是美好的都是真实的,也是永不磨灭的。"

"你怎么知道的?"我不耐烦地问道,"现在这个已不为世间所知的人,难道不是美好的吗?"

像一个烦躁的孩子在折磨自己的母亲,我毁掉了我的内心和身外拥有的一切庇护,一面哭喊说:"这是一个背信弃义的世界。"

突然,我觉得有一个声音在说——"多么忘恩负义!"

我向窗外望去,星光闪耀的夜空似乎传来了谴责——"相信我以前真的来过,而且把这个信念灌注到我已离去的空虚里去的是你!"

23

河流灰蒙蒙的,天空里黄沙炫目。

在一个阴暗不宁的早晨,鸟雀喑哑无声,鸟巢在疾风中颤摇,我孤零零的坐着,问我自己:"她在哪儿?"

我们俩互相挨得那么近坐在一起的日子已经逝去,那时我们又欢笑又戏谑,在我们相会的时候,爱情的威严找不到话说。

我把我自己变得极其渺小,而她却用滔滔不绝的谈话虚度了每一个时刻。

今天我徒然想望她能在我身边,在这风雨欲来的阴霾里,同坐在灵魂的寂寞中。

24

她用来称呼我的名字,像一朵盛开的素馨花,覆盖了我们俩相爱的整整十七年。这名字的声音混合着透射过绿叶的光线的颤抖,雨夜里青草的气息,还有多少个闲散的日子在最后时刻的悲痛的静寂。

答应这个名字的他,不只是上帝的创作;这是她为了自己的缘故,在那十七个短暂的岁月里而把他重新创造的。

此后的岁月接踵来临,但它们漂泊的日子,已不再聚集在她的声音所呼唤的那个名字的范围里,而是彷徨迷途,风流云散。

它们问我:"应该由谁来收容我们呢?"

我不知道怎样回答,我只能静静的坐着,于是它们在消散的时候,向我喊道:"我们要寻找一个牧羊姑娘!"

它们该去找谁呢?

这,它们并不知道。它们像无主的晚霞,在没有辙迹的黑暗里飘泊、消失而淡忘。

25

我觉得你的短促的爱情的日子,并没有被你委弃在你一生中那些短短的岁月里。

我很想知道,你避开了那慢慢偷窃的尘埃,现在把它们藏到哪儿去了。在我独自厮守的时候,我找到了你的黄昏之歌,它虽然已经消逝,却留下了一声永恒的回音;我也在秋天中午的温馨的静寂里,找到了你那没有满足的时刻的一声声的叹息。

你的欲望从往昔的蜂巢里飞来,萦绕在我的心头,于是我静静地坐着,谛听它们振翅扑飞的声音。

27

我正沿着一条绿草丛生的小径散步,忽然听到背后有人在说:"瞧你还认识我吗?"

我转过身去,凝视着她说:"我记不起你的名字了。"

她说:"我是你在年轻时候遇见的第一次最大的烦恼。"

她的眼睛望去仿佛像空气里还含着露水的早晨。

我默默地站了一会儿,然后说:"你已经卸去了你的眼泪所有的沉重负担了吗?"

她微笑着不说一句话。我感觉到她的眼泪已经学会了微笑的语言。

"你有一次说过,"她低声地说,"你要把你的悲痛永远铭记在你的心里。"

我涨红了脸说:"是的,可是年光流逝,我已经忘记了。"

接着,我握起她的手,说:"但你已经变啦。"

"往日的烦恼,如今已化为和平。"她说。

28

我们的生命,在无人渡越的海上扬帆前进,大海的波涛,在永恒的捉迷藏中相互追逐。

这是永无宁息的变幻之海,在哺育它那一群接着一群消失的泡沫的孩子,在拍手鼓掌打破那苍天的平静。

爱,在这光明与黑暗的循环的战舞中心,你的爱是那葱绿的岛屿,在那儿,太阳吻着羞怯的林阴,群鸟的歌声在向静谧求爱。

30

一个画家在集市上卖画,有一个在年轻时曾把画家的父亲欺侮得伤心死去的大臣的孩子,带了一群仆从走过集市。

孩子在画家的作品前面停了下来,挑选了一幅画。画家在画上盖了一块布,说他不愿意出售这幅画。

从此以后,这孩子思念着这幅画,心里闷闷不乐,最后他的父亲来了,愿意付出一笔高价。但是画家宁肯让那幅画挂在画室的墙壁上却不愿出售,他沉着脸坐在画前,自言自语地说:"这就是我的报复。"

这位画家表示信奉的唯一形式,是每天早晨描一幅神像。

但现在他觉得这些画像一天天的变得同他往常画的不同起来了。

这件事情使他感到苦恼,而且找不出一个解答,直到有一天,他在工作中猛地惊跳起来;他刚画好的一幅神像的眼睛,竟是那个大臣的眼睛,神像的嘴唇也是大臣的嘴唇。

他撕毁了画像,大声叫喊:"我的报复已经回报到我头上来了!"

31

将军走到怒气冲冲一言不发的国王面前,向国王敬礼说:"村子已经受到惩罚,男人们都打倒在地上,女人们瑟缩在没有灯火的屋子里,不敢哭出声来。"

祭司长站起来向国王祝贺,大声高呼道:"上帝的仁慈永远归于陛下。"

丑角听到这句话纵声大笑,吓得朝臣们毛骨悚然,国王的眉头皱得更紧了。

"王座的尊荣,"大臣说,"是以陛下的威严和全能上帝的恩宠为支柱的。"

丑角笑得更响了,国王怒声喝道:"不合时宜的寻欢作乐!"

"上帝赐给陛下多少恩宠,"丑角说,"他赐给我的就只有这一份笑的禀赋。"

"这份禀赋要断送你的性命。"国王右手握剑说。

但是丑角站起来纵声大笑,直到他不能再笑为止。

恐怖的阴影降落在宫廷上面,因为他们听见大笑的声音在上帝的沉默的深处回响。

33

他们狂野的把世世代代祈祷的时候为了迎接世界最美好的希望而编织成的毡毯撕得粉碎。

所有为了表示爱而准备的宝贵的物品,都化为一堆碎片,在被毁坏的祭坛上,没有一件东西能使疯狂的人们想起上帝确实曾经降临人间。在一阵激怒的烈焰里,他们仿佛把自己的未来同他们的青春佳节一起烧成灰烬。

天空里喊声嘶哑:"胜利归于暴徒!"孩子们形容枯槁而苍老,他们互相悄悄地说,时间总是在旋转而从不前进,我们让人家驱赶着向前奔跑,可是没有可以达到的目标,而创造又像盲人的摸索。

我对自己说:"停止你的歌唱吧。歌曲是为那行将到来的人而唱的,而不息的斗争是为了存在的事物。"

大路永远躺卧着,像一个把耳朵朝向地面倾听足音的人,今天探索不到任何来客的暗示,在大路的远处也看不见一所屋子。

我的琵琶说:"把我扔在尘土里践踏吧。"

我凝视路旁的尘土,在荆棘丛中有一朵纤小的花。于是我喊道:"世界的希望没有死去!"

天空俯身在地面上,向大地低语,空中充满了一种期待的静默。我看见棕榈树的叶子,在向那听不见的音乐的节奏拍手,月儿也在和湖水的闪烁的宁静交换眼色。

大路对我说:"什么都不用害怕!"而我的琵琶说:"请把你的歌儿借给我!"

Ⅲ

1

来吧,春天,大地的热情奔放的爱人,你使那森林的心因为渴望倾诉而跳动!

你化作不安的阵风,吹到百花盛开,新叶摇舞的地方来吧!

你像光明的叛逆,冲过黑夜的监视,冲过湖水黝黑的喑哑,穿过地下的牢狱,向被束缚的种子宣布自由吧!

你像闪电的大笑,像暴风雨的呼啸,冲进喧嚣的城市之中;解放那僵滞了的语言和无知无觉的劳动,增援我们正在涣散的战斗而征服死亡!

2

我曾经在多少个芥菜花开的三月,凝视过这一幅画图——这一脉纤缓的流水,那边灰色的沙滩,还有沿河那一条把田野的友爱带向村庄心坎里去的崎岖的小径。

我曾想把这闲适的风声,和一只过往的小船的桨声谱入诗章。

我曾暗自惊异,这茫茫世界,它站立在我面前多么单纯;而当我此番与这位永恒的陌生人遭逢之际,它以何等挚爱和亲切的安适充满我的心田。

3

两个村庄隔河相望,一只渡船在它们之间的小河上往来划行。

小河不宽也不深——它不过是给那条日常生活的小径增加一些小小

的波澜的裂口而已,好比在一首歌词里的间歇,曲调通过这个间歇而欢乐的泻流。

财富的高楼大厦高高升起,又毁成废墟,而这两座村庄却隔着这条潺潺的溪流交谈,渡船在它们之间往来摆渡,过了一个世代又一个世代,从春耕到秋收。

5

在婴孩的世界里,树林对他摇动着绿叶,用那远在混沌初开之前的古老的语言低吟着诗歌,月儿,那夜空的孤独的孩子,装出和婴孩一样的年纪。

在老人的世界里,繁花为了那些编造出来的神仙故事而恭顺地涨红着脸,破碎的玩偶也供认自己是泥塑的东西。

7

伟大的土地,我常常感觉到我的身体渴望在你的上面流过,和那举起信旗以回答蓝天的问候的每一片绿叶分享快乐!

我觉得在我出生的多少世代以前,我仿佛就已经属于了你。这就是为什么在秋天的光辉在熟透了的禾穗上闪摇的日子里,我似乎忆起了一段我志在四方的往日,甚至还听见一阵阵好像是我的游伴的声音,从那遥远的,面纱重掩的往昔传来。

在黄昏的时候,羊群回到栏舍,草地的小径上扬起了尘土,月儿比村子里茅屋的炊烟升得还高,我仿佛为生存的第一个早晨所遭遇的惨痛的别离而感到悲伤。

9

晨曦像一绺沾着雨泥的刘海,垂挂在雨夜的额上,这时候乌云不再密集了。

一个小女孩凭窗而立,她沉静得像出现在停歇的雷雨门口的一道彩虹。

她是我的邻居,她降临人间就好像是某个神灵的叛逆的笑声。她的母亲生气的时候骂她本性难改;她的父亲却笑着说她是疯孩子。

她像一股跃过岩石逃跑的瀑布,像那最高的竹枝在不息的风中飒飒作响。

她站在窗口,望着窗外的天空。

她的妹妹走来说:"妈妈在喊你呢。"她摇摇头。

她的小弟弟带了他玩耍的小船跑来,想拉她一同去玩;但她从弟弟手里挣脱了手。男孩缠着她,她在男孩的背上打了一下。

在大地创造万物之初,那第一个伟大的声音,是微风和流水的声音。

大自然的古老的呼唤——大自然对尚未降生的生命的无声的呼唤——已经传到这个孩子的心里,把她的心灵独个儿引到我们时代的樊篱之外;因此她站立在那儿,被永恒迷惑得如痴如醉!

10

鱼狗一动不动地坐在一只空船头上,一条水牛沉静而舒适地躺在河边的浅水里,它半睁半闭着眼睛,在饱尝那清凉的泥浆的美味。

母牛在岸上嚼食青草,村庄里野狗的吠声没有使它心惊,一群跳跃着捕捉飞蛾的沙立克鸟跟在它的后面。

我坐在罗望子树的丛林里,这里聚集着暗哑的生命的叫喊声——牛羊的低鸣声,麻雀的啁啾声,天空里纸鸢的呼啸声,蟋蟀的瞿瞿声和一条鱼儿在河里拨水的溅溅声。

我窥视这生命的原始的哺育所,在这里,大地母亲因为第一次生命的捉摸迫近她的胸脯而颤动。

11

在这沉睡的乡村里,中午寂静无声,恍如阳光灿照的午夜,我的假日已经过去了。

整整一个早晨,我的四岁的小女孩跟着我,从这间屋子走到那间屋子,严肃而沉默地望着我准备行装,到后来她厌倦了,就带着一种奇怪的静默坐在门旁,自言自语的咕噜:"爸爸一定不能走!"

在吃饭的时候,一天一度的睡意袭上了她的身子,可是她的母亲已经把她忘记了,孩子伤心得连抱怨的话都不想说了。

最后,当我伸出手臂向她道别的时候,她一动都不动,只是悲哀地望着我说:"爸爸,你一定不能走!"

她这句话逗得我笑出眼泪,使我想到这小小的孩子竟敢向这个为生计所驱使的巨大世界挑战,她不用别的,仅仅凭借这几个字:"爸爸,你一定不能走!"

12

欢度你的假日吧,我的孩子;那儿有湛蓝的天空和空旷的田野,谷仓和古老的罗望子树下的破庙。

我必须从你的假日中取得我自己的假日,从你眼睛的跳跃中寻找光明,从你的喧哗的叫嚷声中寻求音乐。

秋天给你带来了真正的假日的自由,它为我带来的,却是工作的阻碍;因为,看,你冲进了我的房间。

是的,我的假日是一种喜爱扰乱我的无限的自由。

13

在黄昏的时候,我的幼小的女孩听到她的同伴在窗子下面唤她。

她手里掌着一盏灯,用她的面纱遮着,怯怯地走下漆黑的楼梯。

在三月的星夜,我正在平台上,突然听到一声哭喊,我连忙跑过去看。

她的灯儿已经在盘旋的楼梯上熄灭了。我问她:"孩子,你为什么哭?"

她在下面苦恼地回答说:"爸爸,我把自己丢失了!"

当我回到平台,在三月的星夜下,仰视天空,我仿佛看见有一个孩子在天空行走,她的面纱后面掩藏着一盏盏明灯。

假若这些灯光熄灭了,她也许会突然停下步子,而天际也许会传播着一声哭喊:"爸爸,我把自己丢失了!"

14

黄昏迷乱地站立在街灯中间,它的黄金已经被都市的尘土玷污了。

一个浓妆艳抹的女人,在她的阳台上凭栏而立,像一团旺火在等待着飞蛾。

突然,街上的人们,在一个被车轮碾死的流浪孩子的周围,汇成了一个漩涡,在阳台上的女人,感受到坐在世界内心的宝龛里的伟大的白衣母亲的悲痛,她一声痛苦的尖叫,跌倒在地上。

15

我记得荒原上的那幕情景——一个女孩独自坐在吉卜赛帐篷前面的草地上,在午后的阴影下编结发辫。

她的小狗对着她那双忙碌的手又跳又叫,仿佛她干的是毫无意义的事儿。

任她怎样叱责它也没有用,她叫它"讨厌的东西",又说她给它这样一个劲儿的傻气搅得厌倦了。

她伸出中指嗔怪地敲打它的鼻子,但是这样似乎反而逗得它更乐了。

她恐吓的板了一会儿脸,警告它灾难就要降临;可是随后她却放下自己的头发,一下子把它捉到怀里,大笑着,把它搂在胸前。

17

若是这个从集上归来的穷汉,能突然被人举升到一个遥远时代的峰巅,人们也许会停下他们的工作而向他欢呼,欣喜的向他奔去。

因为他们再不会把他贬降成为一个农夫,而会发现他充满了他那个时代的神秘和精神。

甚至连他的贫穷和苦痛也会化为伟大,不再受到现实生活的浅薄的羞辱,而在他的篮子里的那些卑贱的东西,也会赢得动人怜悯的尊严。

18

他一早出门,在一条被一排喜马拉雅杉树遮住的路上散步,道路盘绕着山岭,像坚定不移的爱情。

他手里握着他的新婚妻子从他们家乡寄来的第一封信,恳求他回到她那儿去,并且要他赶快回去。

在他散步的时候,一只阻隔在远方的手跟随着他,抚摸着他,天空也仿佛响彻着那封信的呼唤:"亲爱的,我的亲爱的,我的天空已经盛满了眼泪了!"

他惊愕地问自己:"我怎么值得她这样呢?"

太阳骤然出现在蔚蓝的山脊上,四个女郎高声嬉笑着,从山外的河岸跨着轻快的步伐走来,一条吠叫着的狗儿跟在她们的后面。

两个年纪稍长的女郎看到他那副木然的奇怪神气,忍不住要笑,为了掩藏她们的欢乐,便转过身去,而那两个年幼的女郎,却你推我拥的高声大笑,欢天喜地的跑开去了。

他停下脚步,垂下头来。继而他蓦地觉到手中的书信,便重新打开信来阅看。

19

把庙里的神像放上金辇,绕着圣城巡行的这一天来到了。

王后对国王说:"走吧,咱们去参加节会。"

一家大小都朝香顶礼去了,只有一个人没有去。他是采集矛尖草给国王的宫殿做扫帚的人。

侍仆的总管怜悯地对他说:"你可以跟我们一起去。"

他垂头回答说:"这不行哪。"

这个人就住在国王的侍臣们必经的那条大路旁边。大臣骑着像来到这儿的时候,便向他喊道:"来跟我们一起去看坐着金辇的神吧!"

"我不敢照着帝王的气派去寻找神明。"这个人说。

"你怎么能再有这样幸运的机会去看乘着金辇的神呢?"大臣问。

"等到神自己来到我门口的时候。"这个人回答说。

大臣哈哈大笑,说:"傻瓜!'等到神来到你门口的时候!'可是一个国王却还得劳驾跑去看他呢!"

"除了神还有谁来访问穷人呢?"这个人说。

20

日子一天天的流驰,残冬已经过去,阳光下,我的狗在用它狂野的方式和娇爱的小鹿嬉戏着。

到市场去赶集的人们会聚在篱边,他们哗笑着观赏这两个游伴,在竭力用毫无共通之点的语言来表示爱情。

空气里春意荡漾,嫩绿的新叶像火焰般地跳动着。每当小鹿蹦跳起来,向自己的移动的影子弯下头去,或者竖起了耳朵倾听微风的低语时,它的乌黑的眼睛里有一道闪光在舞跃。

春的消息同漫游的微风和散播在四月天空中飒飒的林声与微光一起飘来。它咏叹世间的青春第一次的苦痛,当第一朵鲜花从苞蕾里绽放,爱情抛弃了它所熟悉的一切而去寻求它所不知道的东西的时候。

于是一天下午,在阿姆洛克树林里,林影受到光线偷偷的爱抚,变得庄穆而又优美的时候,小鹿撒腿飞奔,好像一颗热爱着死亡的陨星。

天黑了,屋子里灯火已经点亮;星星出现了,夜已降临在田野上,但小鹿始终没有回来。

我的狗呜咽着向我跑来,它那对可怜的眼睛含着疑问,似乎在向我诉说:"我不懂得!"

可是有谁懂得呢?

21

我们的巷子是弯弯曲曲的,仿佛多少世代以前,在她开始探索目的地的时候,她曾经左右彷徨,此后就永远停留在迷乱之中。

在天空里,在她那些建筑物的中间,像缎带似的悬挂着一道从空间撕下来的狭带:她唤它蓝城的妹妹。

她只有在中午短短的时刻见到阳光,因此她聪明的向自己提出疑问:"是真的吗?"

六月的雨,有时好像用铅笔的涂线掩去了她那一道日光。小路变得泥泞溜滑,雨伞互相碰撞。头顶上喷水口里突然喷射出一股股水,溅泼在她的惊骇的路面上。在惊惶失措之中,她把这当作是造物的一个无礼的狡计。

春风在她的曲折盘旋之中迷失了道路,像一个喝醉了酒的流浪汉,在墙角和犄角上跌跌撞撞,把尘土飞扬的天空撒满了碎纸和破布。"这有多么愚蠢呀!难道神灵都发了疯了吗?"她在愤怒之中高呼。

但是每天从两边房子里倾倒出来的垃圾——混合着灰烬的鱼鳞,剥下来的菜皮,烂水果和死老鼠——却从来没有引起她提出疑问:"为什么会有这些东西?"

她接受每一块铺在她路面上的石子。但有时候一根草会从石缝里伸出头来向上偷看。这使她勃然大怒。在一致的行动之下,岂能容许这种侵扰?

一天早晨,在秋天的光辉抚触之下,她的那些房子从噩梦中醒来,变得十分美丽,她对自己低低地说:"在这些建筑物后面有一种无限的奇迹。"

但是时间一小时一小时的过去;屋子里的人都活动起来了;少女从市场上悠闲自在地走回家来,她摆动着右臂,左臂把一篮食物挽在身边;厨房里飘出的气味和炊烟,使空气变得重浊起来。这样使我们的巷子再一次明白,真实和正常的一切正是由她自己、她的房屋以及它们的垃圾组成的。

22

这所房子,在它的富贵盛年已经逝去以后,仍旧流连地站在路畔,好像一个背上披着一块千补百衲的破布的疯子。

岁月日复一日地用凶恶的爪子把它抓得伤痕斑斑,淫雨的季节也在它的赤裸裸的砖石上留下了它们的古怪的签名。

在楼上的一间废弃的房间里,两扇对合的房门有一扇已经从生锈的铰链上掉了下来;于是那另一扇孤独无偶的门,在一阵阵的疾风中,从早到晚的砰砰作响。

一天晚上,从这所房子传出了女人们号啕痛哭的声音。她们悲悼家里最后一个儿子的夭逝,他是在流动剧团里扮演女角来谋生的一个十八岁的孩子。

过了没有几天,这所房子静下来了,所有的门户都锁起来了。

只有楼上那间房间的向北的一面,那扇孤独的房门既不愿意掉下来休息,也不愿意关闭起来,而像一个折磨自己的幽灵,在风中前后摇摆。

过了一些日子,这所房子又一次震响着孩子们的声音。在阳台的栏杆上,女人的衣服晾在阳光里,一只鸟儿在一只覆盖着的笼子里鸣叫,一个孩子在平台上放着风筝。

一个房客到这儿来租了几间屋子。他收入很少,却有许多孩子。那位劳累的母亲殴打他们,他们便在地板上打着滚儿哭叫。

一个四十岁的女佣,一天到晚辛辛苦苦的干着活儿,同她的女主人吵嘴,威胁着说她要辞去,可是从来也没有辞过。

每天做一些微小的修葺。纸贴上了没有玻璃的窗棂,栅栏的缺口用竹片修补了起来;一只空箱子把没有门闩的房门顶住了;陈旧的污渍从新近粉刷的墙壁上隐约的显露出来。

富贵的尊荣原已在惨淡荒芜之中找到了合适的纪念;但是他们因为缺乏足够的财力,便用暧昧的办法来掩盖这种惨淡荒芜的景象,于是使它的尊严受到了侮辱。

他们忽略了朝北的那间废弃的房间。它那扇孤独的房门依旧在风中砰砰作响,仿佛失望之神在捶打着她自己的胸脯。

23

在森林的深处,苦行的修士紧闭着眼睛在苦苦的修炼;他想修成正果,进入乐园。

但是拾柴的姑娘在衣裙里给他带来了果子,又用树叶做成的杯子从溪流里为他取来了清水。

日子一天天的过去,他的修行变得愈加艰苦了,到后来他绝口不尝果子,也不喝一滴清水。拾柴的姑娘感到非常悲伤。

乐园里的上帝,听说有一个人居然胆敢希冀成为神灵。他曾经一次又一次的同他的劲敌泰坦们战斗,并拒之于他的王国之外;然而他惧怕一个具有忍受苦难的力量的人。

但是他懂得凡夫俗子的癖好,于是他计划用诱惑来引诱这个凡人放弃他的冒险行动。

从乐园吹来一口气,吻着那个拾柴姑娘的肢体,她的青春由于一阵突然迸发的美丽的快乐而感到痛苦,她的思想也仿佛像蜂巢受到袭击的蜜蜂在嘤嘤的作响。

苦修士要离开森林,到山洞里去完成他的严格的苦行的时候来到了。

当他睁开了眼睛准备启程的时候,那个姑娘出现在他眼前,好似一首熟悉而已被遗忘的诗歌,因为新添了一种曲调而变得陌生了。苦修士从他的座上站起来,告诉她这是他离开森林的时候了。

"但你为什么要夺去我给你效劳的机会呢?"她眼眶里噙着泪珠问道。

他重新坐下来,沉思了好久,便在原处留了下来。

那天晚上,姑娘心里悔恨,一夜没有成眠。她开始害怕自己的力量,憎恨自己的胜利,但是她的内心却在狂喜的波浪之上颠簸摇荡。

到了早晨,她走到苦修士的面前,向他施礼,请他为她祝福:说她必须离开他。

他默默地望着她的脸,接着,他说:"去吧,祝你如愿。"

多少年,他独自兀坐,最后他的苦修功德圆满了。

众神之王从天上降临,告诉他已经赢得了乐园。

"我不再需要乐园了,"他说。

上帝问他希望得到的更大的报酬是什么。

"我要那个拾柴的姑娘。"

24

他们说织布工人喀毗尔是上帝所宠爱的人,因此大家围着他,求他施舍灵药和显现神迹。但是他感到非常苦恼;在这以前,他的微贱的出身,已经赋予他一种极其可贵的默默无闻,他歌唱,并且和上帝接近,使这种默默无闻的生活变得非常甜蜜。他祈求他能保持这种默默无闻的生活。

教士们妒忌这个鄙夫的声名,于是他们勾结了一个娼妓去污辱他。喀毗尔到市场上去出卖他织成的布匹；那个女人抓住了他的手，骂他无情无义，并且跟到他的家里，说她不愿被他遗弃，这时喀毗尔对自己说："上帝在用他自己的方式来回答祈求。"

不久，这个女人感到一阵恐惧的战栗，她跪下来哭喊说："求求你，把我从罪恶里救出来吧！"他回答说："把你的生命敞开，向着上帝的光明！"

喀毗尔在纺机上一边织布一边歌唱，他的歌声洗去了那个女人心里的污点，而作为报答的是，他在她的甜蜜的声音中找到了慰藉。

一天，国王凭着一时的任性，宣召喀毗尔进宫，命他在自己的面前唱歌。这个织布工人摇摇头不愿意去，但是使者一定要完成了主人的使命以后，才敢离开他的门口。

国王和他的臣子看见喀毗尔走进殿来都大惊失色。因为他不只是一个人，他的后面跟随着那个女人。有人在微笑，也有人在皱眉，而国王看到这个乞丐的傲慢无耻的神气，脸色变得阴沉了。

喀毗尔屈辱的回到家里，女人倒在他的脚边哭道："为什么要为我忍受这样的羞辱，主人？让我回到丑恶的名声中去受罪吧！"

喀毗尔说："上帝带着屈辱的烙印来临，我不敢把他赶走。"

26

这个人没有任何正经的事儿，他只有各种各样不同的幻想。

因此在他的一生虚度于微不足道的琐事之后，发现自己已置身于乐园之中，便觉得奇怪起来。

现在导引的人把他领错了一个乐园，领到一个只是给善良而忙碌的人们居住的乐园里来了。

在这个乐园里，我们这个人在路上逍遥逛荡，无所事事，只是阻碍了事务的奔忙。

他闪避到路畔，人家警告他践踏了播下的种子。人家一挤，他就惊跳起来；人家一推，他就继续向前走。

一个非常忙碌的女郎来到井上汲水。她的脚在路上奔跑，好像敏捷的

手指在竖琴的弦上划动。她匆匆的把头发随便挽了一个结,她额上的蓬松的鬈发钻进了她乌黑的眼睛。

这个人对她说:"你愿意把你的水壶借给我吗?"

"我的水壶?"她问,"要汲水吗?"

"不,给它画一些花纹上去。"

"我可没有空给你闹着玩儿。"女郎轻蔑地拒绝说。

现在一个忙碌的人,没有空闲来反对一个闲散透顶的人。

每天她在井边碰见他,而他也每天重复同样的要求,最后她让步了。

我们这个人用稀奇古怪的颜色和许多神秘而错综的线条,在水壶上画上花纹。

女郎接过水壶,在手里转弄着,问道:"这是什么意思?"

"没有什么意思。"

女郎把水壶带回家去了。她提起这把水壶,把它放到各种明暗不同的光线下面,竭力想找出其中的奥妙。

在夜里,她下床来点了一盏灯,站在各种不同的方向盯着那把水壶。

这是她第一次遇见一件没有意义的东西。

第二天,这个人还是站在井边。

女郎问他:"你要什么?"

"我还要为你做一件事情。"

"什么事儿?"她问。

"请容许我编一根彩色的丝带来给你缩发。"

"有什么必要吗?"

"没有任何必要。"他承认说。

丝带编好了,从此以后,她在头发上费去了许多时间。

那个乐园里按部就班、充分利用的时间,开始显出不规则的裂痕来了。

长老们感到苦恼;他们召开了会议。

那个导引的人承认自己闯下了大祸,他说他把这个人带错了地方。

这个误入乐园的人被传唤来了。他的头巾色彩鲜艳,像火焰般的炫目,一望可知这祸闯得有多么大。

长老的首领说:"你必须回到人间去。"

这个人宽慰地吐了一口气说:"我已经准备好了。"

那个用丝带束发的女郎接口说:"我也准备好了!"

这是长老的首领第一次遇见没有意义的场面。

27

据说在森林里,靠近河流和湖泊汇合的地方,有一种仙女乔装改扮的住在那儿,她们要等自己飞去以后,才让人们识破真相。

一个王子走进这座森林,当他走近河流和湖泊汇合的地方,他看见河岸上坐着一个乡下姑娘,她在拨弄流水,教百合在水上舞蹈。

王子低声地问她:"告诉我,你是什么仙女?"

这个姑娘给他问得笑了出来,山坡上震响着她的欢悦。

王子心想她是爱笑的瀑布仙女。

消息传到国王的耳朵里,说王子娶了一位仙女,他便派遣了人马,把他们带到他的王宫里。

王后看见了这个新娘,厌恶的转过脸去,王子的妹妹窘得脸红,侍女们也在问,难道仙女就是这样打扮的吗?

王子低声地说:"嘘!我的仙女是改扮了到咱们家里来的。"

一年一度的节会来到了,王后对她的儿子说:"告诉你的新娘,咱们的亲戚要来看看仙女,教她不要在亲戚面前丢咱们的脸。"

于是王子对他的新娘说:"看在我对你的爱情的分上,在我们的亲戚面前显一显你的真相吧。"

她默默地坐了好久,继而点头允诺,这时候泪珠滚下了她的面颊。

圆月皎洁,王子穿着一身婚服,走进他的新娘的房间。

房间里阒无人影,只有从窗口射进来的一道月光,斜照在床上。

王亲国戚随着国王和王后拥进新房,王子的妹妹站在门旁。

大家问道:"仙女新娘在哪儿?"

王子回答说:"为了让你们认识她的真相,她已经永远消逝了。"

29

当山溪像一把光芒闪烁的弯刀,被黄昏插入了暮色的刀鞘,一群鸟雀突然在头上飞过,它们挥动着高声大笑的翅膀向前冲飞,宛如穿行在群星之中的一支利箭。

此情此景在凝然不动的万物心中,惊起了一种对速度的激情;群山似乎在它们的胸中感到暴风雨的阴云的苦痛,而树林则渴望挣脱它们生根的枷锁。

这些鸟雀的冲飞,为我撕碎了静寂的面幕,在深邃的沉静之中,泄露出巨大的颤动。

我看见这些山峦和森林,越过时间飞向未知的境域,黑暗在繁星飞过的时候,颤成了火花。

我觉得在我自己的身体里,有越过海洋的鸟儿振翅疾飞的那种力量,在生与死的界线之外划出了一条道路,而在这时候,漂泊的世界以众口纷纭的声音喊着:"不是这里,在别的地方,在迢迢的远方的心里。"

30

人们惊奇地倾听着青年歌手迦希的歌唱,他的歌声宛如竞技会上的一把利剑,在千绪万端的纷杂纠结之中翻滚飞舞,把它们劈成碎片而欢呼。

老钵罗多钵王厌烦地忍耐着,坐在听众中间。因为他自己的一生曾受巴拉嘎尔的歌声的围绕和哺育,好像一脉流水蜿蜒多姿的缀饰着的一片乐土。他那些阴雨的黄昏和秋日静谧的时分,曾透过巴拉嘎尔的歌声向他的心田倾诉,他的狂欢宴饮之夜也曾应和着那些歌曲,剪剔灯花,敲起玎珰的银铃。

当迦希停下来休息的时候,钵罗多钵微笑着向巴拉嘎尔挤眼,低低地对他说:"大师,现在让我们听点儿音乐,可不是这种模仿蹦蹦跳跳的小猫,捕捉瘫痪的老鼠的新兴的曲子。"

这位缠着洁白的头巾的老歌手,向到会的人们深深地鞠了一个躬,坐上了座位。他的瘦骨嶙嶙的手指弹起了乐器,他闭着眼睛,在胆怯的迟疑中,开始歌唱。厅堂很大,但是他的歌声软弱无力,钵罗多钵炫耀的高声喊着"好啊!"但是他在巴拉嘎尔的耳边低声说:"朋友,大声一点儿!"

听众烦躁起来了,有的在打哈欠,有的在打瞌睡,有的在抱怨天热。厅堂里嗡嗡地响着一片不专心倾听的嘈杂声,而歌声好像一只脆弱的小船,在这上面徒然的颠簸摇荡,终于沉没在这片喧哗嘈杂之中。

突然,这位老人心里受了打击,忘记了一段歌词,他的声音痛苦地摸索着,仿佛一个瞎子在集市中摸索他失散的引路人。他想用任何临时出现的调子来填补这个裂口,但是裂口仍旧张着嘴巴:痛苦的旋律拒绝为需要服务,而突然改变了音调,化作一声低泣。这位大师把头伏在乐器上,从内心迸发出婴儿在降生人间时的第一声哭叫,代替了他所忘记的音乐。

钵罗多钵轻轻地拍了拍他的肩膀,接着说:"走吧,我们的聚会不在这里,我的朋友,我知道,没有爱的真理是孤独的,而美既非人人所共赏,也不存在于片刻之间。"

<h2 style="text-align:center">31</h2>

喜马拉雅,你在世界的少年时代,从大地开裂的胸中跳出来,就把你燃烧着的挑衅山连山地掷给了太阳。

继而成熟的时代来临,你对自己说:"够了,不要再向远处伸展了!"你那颗渴慕云霞自由的火热的心,发现了自己的限度,便凝然屹立,向无限致敬。

你的激情经过这番抑制以后,美丽就自由的在你的胸脯上游戏,信任怀着繁花和飞鸟的喜悦围拥在你的四周。

你孤零零地独自坐着,像一个博览群书的学者,在你的膝上放着一本翻开的用数不尽的石头篇页编成的古书。

我想知道,这里面写的是什么故事?——是神圣的苦修士湿婆和爱神婆伐尼的永恒的婚礼?——是恐惧向脆弱的力量求婚的戏文?

<h2 style="text-align:center">33</h2>

我的眼睛感觉到这天空的深邃的宁静,它在我的周身激起了一种如同

树木在举起它那杯子般的绿叶来斟满阳光时的感觉。

我的心中升起一缕情思,如同绿草在太阳下散发出来的温馨的气息;它混合着流水拍岸的呜咽声和乡村小巷里的倦风的叹息,——我想起我曾与这世界的全部生命共同生活,并且赋予它我自己的爱恋和悲愁。

37

请赐我以爱的崇高的勇气,这就是我的祈求——那种敢于言谈,敢于行动,敢于听从你的意志而忍受苦难,敢于摒弃万物或为万物所摒弃的勇气。在奔赴危险的使命中,请予我以坚强,以苦痛来荣耀我,并助我攀登那每日为你而贡献的艰难的心怀。

请赐我以爱的崇高的信赖,这就是我的祈求——那种在死亡之中的生命所有的信赖,在失败之中的胜利,在最脆弱的美丽之中的威力,以及在忍受屈辱而不屑眦睚相报的苦痛之中的尊严所有的信赖。

汤永宽 译

图书在版编目(CIP)数据

泰戈尔诗选／(印)泰戈尔(Tagore,R.)著;冰心等译.
－北京:北京燕山出版社,2010.12(2018.7 重印)
ISBN 978-7-5402-2527-8

Ⅰ.①泰… Ⅱ.①泰… ②冰… Ⅲ.①诗歌-作品集-印度-现代
Ⅳ.①I351.25

中国版本图书馆 CIP 数据核字(2010)第 247682 号

泰戈尔诗选

[印]泰戈尔 著
冰　心等 译
责任编辑／张红梅
装帧设计／小　贾

北京燕山出版社出版发行
北京市丰台区东铁营苇子坑路 138 号嘉城商务中心 C 座　邮编 100079
全国新华书店经销
三河市北燕印装有限公司印刷

开本 915×1220　1/32　印张 8　字数 210,000
2013 年 7 月第 2 版　2018 年 7 月第 9 次印刷

定价:22.00 元

版权所有　盗版必究